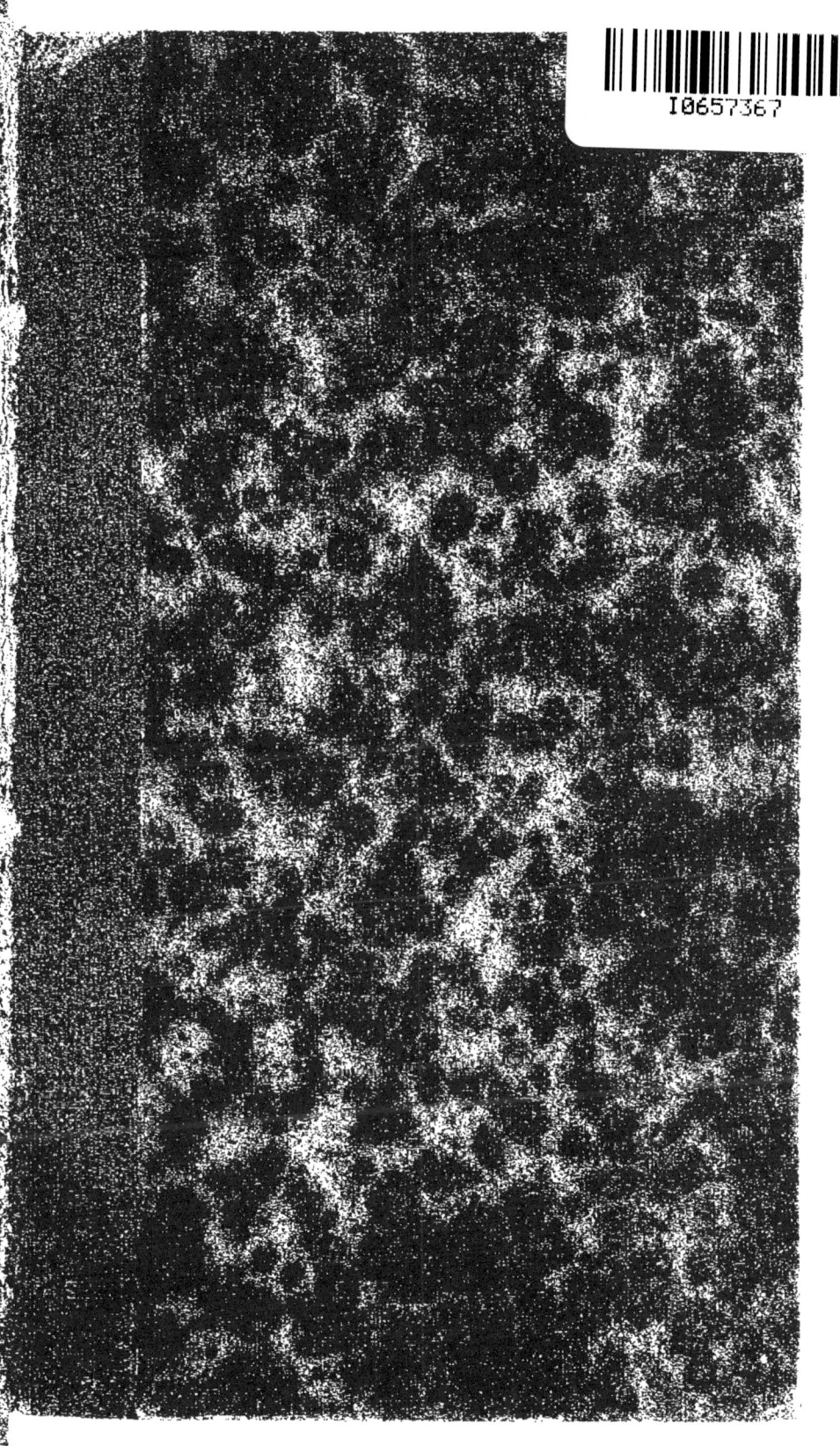

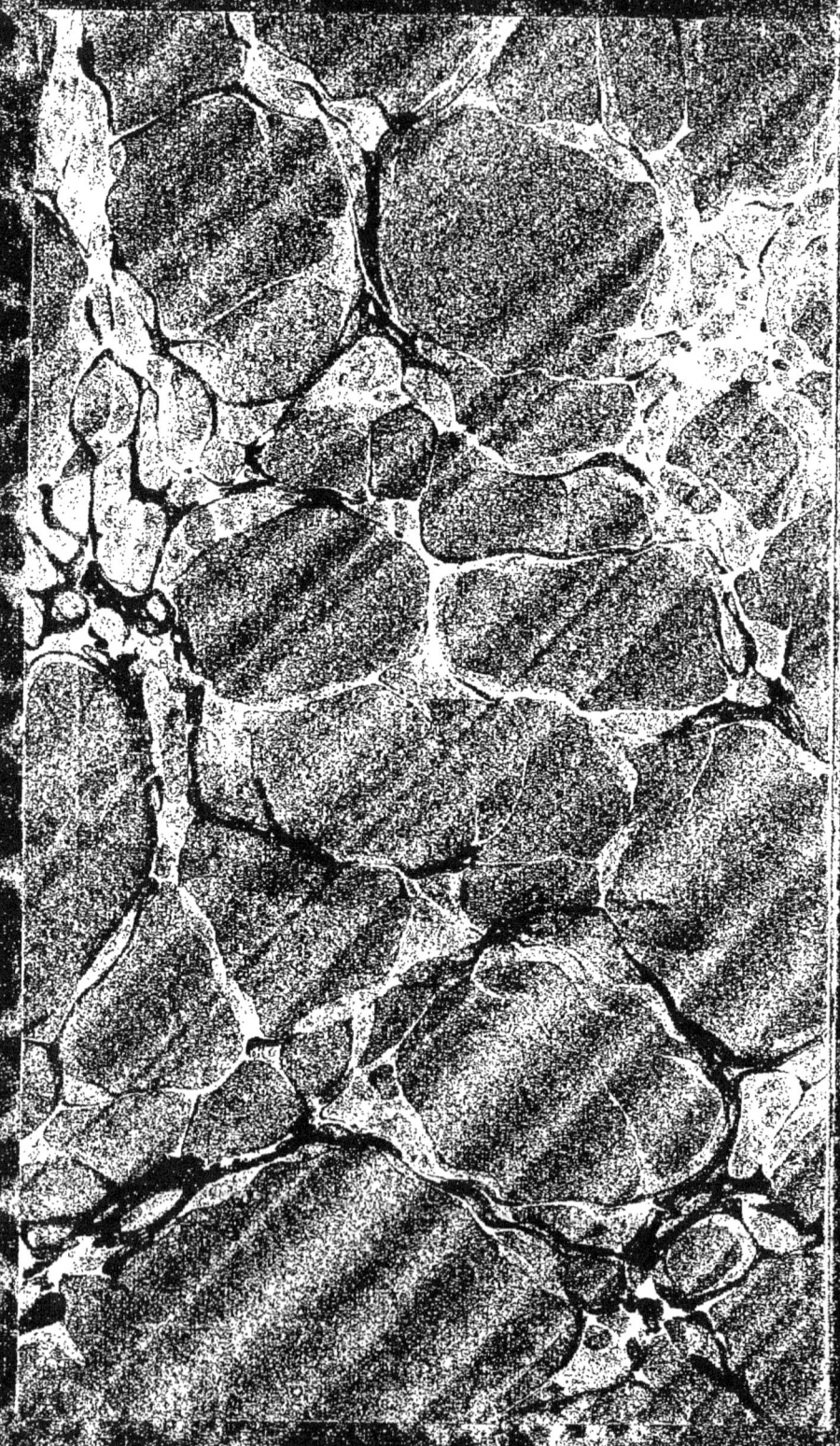

ALLIANCE D'HYGIE

ET DE LA BEAUTÉ,

ou

L'ART D'EMBELLIR.

DE L'IMPRIMERIE DE J.-M. EBERHART,
RUE DU FOIN SAINT-JACQUES, N° 12.

ALLIANCE D'HYGIE

ET DE LA BEAUTÉ,

ou

L'ART D'EMBELLIR,

D'APRÈS LES PRINCIPES DE LA PHYSIOLOGIE;

PRÉCÉDÉ

D'UN DISCOURS SUR LES CARACTÈRES PHYSIQUES ET MORAUX DE LA FEMME, SES PRÉROGATIVES ET SES DEVOIRS; ET SUR LES MŒURS ET LES COUTUMES DES ANCIENS.

PAR Jn.-Bte MÈGE,

Docteur en Médecine de la Faculté de Paris, l'un des Médecins envoyés en mission par le Gouvernement pour les Épidémies de 1813 et 1814, Membre de plusieurs Sociétés savantes.

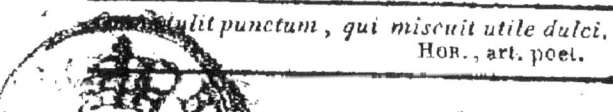

.....tulit punctum, qui miscuit utile dulci.
HOR., art. poet.

PARIS,

CHEZ GROTHARD, Libraire, rue de Sorbonne, N° 3;
...., au Palais-Royal;
Et chez l'AUTEUR, rue de la Chaussée-d'Antin, N° 5.

1818.

AVERTISSEMENT.

Aucun des ouvrages écrits sur l'art d'embellir n'atteint le but que l'auteur de celui-ci se propose. Il démontre les dangers des pratiques conseillées par l'ignorance et le charlatanisme; il fait connaître l'influence sur le physique et le moral, des choses qu'on a mises en usage pour cacher la laideur, conserver et accroître la beauté; déduit les principes d'après lesquels il exclut tout ce qui, sous une vaine apparence d'utilité, peut causer des maladies plus ou moins graves; il indique enfin les moyens simples et sûrs de fixer la fraîcheur et d'embellir le corps, autant que possible, sans compromettre la santé.

En composant cet opuscule, l'intention de l'auteur a été d'être utile. L'encouragement qu'il a reçu de quelques savans distingués, le détermine à publier l'application qu'il a faite des principes de son art à l'embellissement du corps. S'il a été trompé par une coupable indulgence, il prie les véritables critiques, c'est - à-dire les amis des sciences et des hommes, de lui faire part de leurs réflexions, qu'il recevra avec toute la reconnaissance due au mérite désintéressé (1).

---

(1) Les Grecs, les Latins, les Anglais, les Allemands, les Arabes sur-tout, ont écrit avec profusion sur cette matière. Ovide a fait, dit-on, un livre intitulé : *de Medicamine faciei.* Les ouvrages français sont : l'*Art d'embellir,* par Florance-Rivault ; le *Roman d'Abdeker,* ou l'*Art de conserver la Beauté,* par Lecamus ; le *Traité sur les Fards,* par Bacher ; le *Miroir des Dames,* par Guillaume le Dolois ; l'*Ami des Femmes,* par Marie de Saint-Ursin ; la *Bibliothèque de la Beauté,* recueil de toutes les recettes préconisées par les charlatans ; *Sabine,* ou la *Matinée d'une Dame romaine à sa toilette,* pour faciliter l'intelligence des anciens auteurs, traduit de l'allemand, de C. A. Boettiger ; Paris, 1813 ; l'art. *fard,* de l'*Encyclop.* ; celui *cosmétiques,* du *Dictionnaire des Sciences médicales.*

DISCOURS PRÉLIMINAIRE.

Les caractères physiques et moraux de la femme, ses prérogatives et ses devoirs; quelques réflexions sur les mœurs et les coutumes des anciens, vont fournir matière à ce discours.

L'homme et la femme se partagent l'empire du monde; ils vivent l'un pour l'autre; leur existence, leur bonheur résultent de leur union réciproque; et la carrière que chacun d'eux doit parcourir, les obligations qui leur sont imposées, dépendent de leur organisation particulière. La femme diffère de l'homme, non seulement par les organes propres à reproduire son espèce, mais aussi par les caractères apparens, et l'intime composition de tout son être (1).

---

(1) « La femme, dit Roussel, n'est pas seulement femme par un endroit, mais encore par toutes les faces par lesquelles elle peut être envisagée. »

(*Système physique et moral de la femme*, page 1re 5e éd.)

Les naturalistes qui ont prétendu que les fonctions animales s'exécutent absolument de la même manière chez les deux sexes, se sont trompés : cette similitude n'est qu'apparente. La respiration, la circulation, la digestion, etc., éprouvent des modifications aussi variées que peut l'être l'organisation de leurs agens. La respiration, par exemple, quoique analogue chez tous les animaux qui respirent, diffère dans son mode d'exécution et dans ses résultats, suivant la structure de l'appareil respiratoire propre à chaque animal. La nature n'est jamais rigoureusement la même : elle ne crée que des individus. La statue d'Apollon et celle de Vénus ne diffèrent-elles que par les organes sexuels ? Les dimensions du corps, la forme des membres, l'expression de la figure, les attitudes, sont pour l'une, les attributs de la force et de la majesté, et pour l'autre, ceux de la douceur et de la volupté.

Mais si, par un ensemble d'expressions

physiques, la femme nous décèle sa foiblesse et sa soumission naturelles, en compensation elle a l'avantage de posséder des qualités qui imposent l'homme, le désarment et le dirigent souvent au gré de ses caprices.

Les femmes ont ordinairement les traits du visage fins et réguliers, les saillies musculaires peu ou point prononcées, les membres arrondis, les mains et les doigts délicats, le pied mignon, les formes gracieuses, la peau fine, la taille svelte, la démarche facile et sensuelle ; en un mot, tout leur extérieur, toutes leurs actions corporelles présentent des caractères distinctifs presqu'aussi remarquables que ceux qui leur méritent plus spécialement le nom de femme.

La différence physique fait la différence morale. Les femmes ne pensent pas comme les hommes ; elles ne sont pas susceptibles du même genre d'occupation parce qu'elles sont autrement conformées. Le volume des nerfs relativement à la masse du corps, ou ce qu'on appelle tempérament nerveux, est leur disposition organique la plus ordinaire, d'après laquelle les impressions qu'elles reçoivent, sont vives et de courte durée, leurs passions ardentes et passagères. Ces sentimentales à la Scudery, ces platoniciennes, qui n'accordent une faveur que tous les sept ans, qui ont un mépris affecté pour tout autre bonheur que celui de faire admirer leur constance surnaturelle, ou leur *rare vertu*, ne sont telles que par l'effet d'une éducation vicieuse, d'un esprit faible, et de la lecture des mauvais romans qui leur a exalté l'imagination, inspiré le funeste goût du pathétique effréné... En général, la femme est plus aimable et plus sensible que l'homme, mais plus dissimulée et moins constante que lui (1). Cette

---

(1) «Nous avons, dit Ninon de l'Enclos, deux sortes de sentimens; ceux de représentation, et que nous destinons à donner de nous une haute idée, et ceux que nous gardons *in petto*. Nous parlons sui-

grande susceptibilité nerveuse, cette instabilité de la plupart des femmes, se
manifestent dans toutes leurs actions, leurs
goûts et leurs plaisirs. Elles sont aussi
promptes à former qu'à détruire le même
projet; souvent elles oublient le soir, ce
qu'elles ont promis le matin ; une nouvelle
impression efface les sermens qu'elles ont
faits avec sincérité; un rien les aflige, un
rien les console. D'une gaîté folle, elles
passent subitement à la mélancolie la
plus profonde : se fâcher, chanter,
pleurer et rire, c'est pour elles l'affaire
d'une minute. Ainsi, généralement parlant, on peut dire que l'art de fixer la
femme consiste à produire en elle des impressions toujours nouvelles et agréables.
L'habitude émousse sa sensibilité, lui inspire le dégoût. Le besoin naturel qu'é-
prouvent ses sens d'être nouvellement *im-
pressionnés*, produit la dissimulation et
l'inconstance.

---

vant les premiers, et nous agissons conformément
aux autres. » 1er vol. lettre 17.

J'ose espérer que les femmes ne me sauront pas mauvais gré de cette franchise. J'en use ici pour qu'on soit prévenu sur les causes de leur légèreté, et qu'on cesse de leur faire un crime de ce défaut naturel, que les principes de la bonne éducation peuvent d'ailleurs modifier. Eh! par combien d'excellentes qualités, cette mobilité nerveuse n'est-elle pas compensée? Ne tiendra-t-on jamais compte de leur bonté, de leur douceur, de leur affabilité, et du courage vraiment héroïque, avec lequel elles s'acquittent des pénibles devoirs que leur imposent les conditions d'épouse et de mère? Quelle prévenance, quelle attention ne doivent-elles pas avoir pour leurs époux! quel amour maternel, quel attachement pour leur fruit, l'espoir de la postérité! Que de soins à prodiguer! que de pleurs à essuyer pour le développement de ce nouvel être! Que de réserve et de décence nous exigeons pour qu'elles ne soient pas répréhensibles à nos yeux! Ne doit-on leur avoir nulle reconnoissance de

leur vertu à résister à la séduction d'une
foule d'adorateurs, qui, dans leur insolent
triomphe, ont l'impudence de traiter avec
mépris celles qu'ils viennent d'encenser,
et dont la défaite a satisfait leur orgueilleux caprice !.. O homme ! quel est donc
ton degré de perfection pour trouver mal
le plus léger écart du sexe qui te porta
dans son sein, qui te nourrit de sa propre
substance ! Tu tires le rideau sur l'histoire
des affreux produits de ton ambition, de
ta haine, de ta vengeance ! Quelles sont
donc tes éminentes qualités ? Ta force physique, ton industrie, tes talens, ta science !
mais quel bonheur en retirerais-tu sans les
secours et les caresses de ta timide com-
pagne ?.. Elle est ton égale ; tu dois la
traiter comme un autre toi-même ; il y a
de la lâcheté, de la partialité, du despotisme à l'accuser exclusivement, comme
l'ont fait Perse, Juvénal et Boileau. Il y
a aussi de l'enthousiasme et de la folie à
exagérer son mérite personnel, pour en
faire un être supérieur à l'homme, comme

semblent l'avoir fait Corneille Agrippa (1),

(1) *Corneille Agrippa* a composé un traité sur l'excellence de la femme au dessus de l'homme; c'était dans l'intention de plaire à Catherine d'Autriche. Pour prouver ce qu'il avance dans ce livre, il accumule les explications physiques et morales, vides de sens; il met à contribution des lois et des usages absurdes, mentionnés par l'histoire de divers peuples de l'antiquité, et cite des passages de tous les auteurs profanes et sacrés, qu'une faible imagination a égarés dans le labyrinthe des erreurs. *Thomas* dit, en parlant de ce savant *Agrippa*, qu'il « cite un peu plus qu'il ne raisonne ». Sous ce rapport, que d'*Agrippa* modernes!

Brantome a aussi composé un livre sur la vie des femmes illustres, où il prétend justifier Chatherine de Médicis de la Saint-Barthelemy, et Jeanne de Naples, du meurtre de son mari.

Le père Hilarion De la Coste, Minime, dont parle encore *Thomas*, a fait les éloges des femmes du 15e et du 16e siècles; mais, dit *Thomas*, «En bon religieux il ne s'est permis de louer que des femmes catholiques; ainsi, par exemple, il s'est bien donné de garde de dire un mot de la Reine Elisabeth, mais aussi il fait un long et magnifique éloge de la Reine Marie d'Angleterre, qui commença par faire assassiner sur l'échafaud, Jeanne *Gray* âgée de 17 ans, appelée à la couronne par le testament du dernier

Valère-Maxime (1), Thomas, Legouvé et autres. Les détracteurs et les panégyristes des femmes, ont tous blâmé ou loué au delà du vrai; ils ont établi des principes généraux sur des faits particuliers. Messaline, Faustine, Catherine de Médicis, Pénélope, Lucrèce, Jeanne d'Arc, etc., sont des êtres extraordinaires, dont les actions ne peuvent être citées pour appuyer la mauvaise ou la bonne opinion que l'on doit avoir de leur sexe. Quelques circonstances individuelles ne suffisent pas pour tirer des conséquences d'une application générale; mais elles prouvent les écarts de la nature. L'harmonieux Legouvé ne fait que confirmer cette assertion quand il dit :

Roi, et qui ensuite, dans l'espace de cinq années qu'elle régna, fit expirer dans les flammes, pour cause de Religion, six à sept cents personnes de tout âge ».

Quel excès de fanatisme, ou plutôt d'hypocrisie !

(1) Valère-Maxime, qui vécut sous Tibère, a consacré sa plume à la louange des Dames Romaines.

» N'a-t-on pas vu jadis une femme grand homme,
» S'opposer, dans Palmyre, au ravage de Rome?
» Une autre, vers l'Euphrate enchaîné sous sa loi,
» Combattre en conquérant, et gouverner en Roi?
» Que dis-je! le laurier n'appartient-il qu'aux Reines?
» Non, mille autres encor, sans être souveraines,
» Osèrent, dans un camp, généraux ou soldats,
» Presser d'un dur airain leurs membres délicats;
» Couvrir d'un casque affreux une tête charmante;
» De leurs débiles mains prendre une arme pesante;
» Et, cherchant les périls, exposèrent aux coups
» Des charmes destinés à des combats plus doux » (1).
(*Le Mérite des femmes, poëme.*)

Ces actions sont belles sans doute, mais je ne puis voir en elles d'autre mérite que celui que l'on donnerait aux hommes qui se distingueraient dans l'art de broder ou de tricoter.

Ce n'est cependant pas que je prétende déprécier les actions héroïques des femmes; dans certains cas elles me sem-

---

(1) Thomas fait mention de Pierre-Paul de Ribera, qui a publié un ouvrage intitulé : « *Les Triomphes immortels et entreprises héroïques de 845 femmes.* »

M.me Dufresnoy a fait la *Biographie des jeunes Demoiselles, ou Vies des Femmes célèbres, depuis les Hébreux jusqu'à nos jours*, 2 vol. in-12, 1816.

blent même plus méritoires que celles des hommes, étant le résultat d'un courage moins physique que moral. L'héroïsme de l'homme est presque toujours enfant de cette mâle vigueur qui manque à la femme ; et c'est là ce qui établit une limite naturelle entre les devoirs de l'un et de l'autre : ce qui me fait conclure que les femmes ne doivent se livrer aux exercices qui nous regardent, qu'en cas de nécessité absolue. Par exemple, lorsque les Turcs voulurent s'emparer de l'île de Chypre, les femmes de ce pays, leur opposèrent une résistance martiale que leur indépendance rendait nécessaire ; ce qui les éleva au dessus de leur sexe, et leur mérita une gloire que n'acquirent pas les soldats qui combattoient avec elles, par la seule raison qu'ils étaient hommes.

Les devoirs des femmes sont invariables : ils ont un but aussi utile que ceux de l'homme ; ils leur assignent donc un rang égal au sien. Il n'y a qu'un amour-propre

mal entendu, la prévention, la barbarie (1),
ou l'erreur, qui aient pu méconnaître l'é-
galité de droit qui existe entre l'un et l'autre sexe. Tout est dépendant dans l'univers, tout y est nécessairement ; tout s'o-
père par des lois naturelles ; la femme est
un fragment de l'univers, l'homme en est
un autre avec lequel elle a le plus d'analogie ; tous deux ont une carrière différente à parcourir, mais dépendante l'une
de l'autre. Pourquoi donc, despotes d'Asie,
vous arroger le droit exclusif d'enchaîner
impunément l'être à qui vous devez tout,
et sans lequel l'existence ne serait qu'un
mal (2) ? Et vous, Sophistes impudens,
poëtes visionnaires, quels sont vos argu-

---

(1) Les anciens Gaulois avaient droit de vie et de
mort sur leurs femmes et leurs enfans.

Voy. l'*Histoire de France*, par l'abbé Millot, t. 1er.
p. 5, 6e éd.

(2) *Thomas* dit que les femmes sont chez les Indiens
ce que les Ilotes étaient chez les Spartiates, un peuple vaincu, obligé de travailler pour les vainqueurs.

Nous ne considérons nullement les motifs politiques qui peuvent justifier une pareille con-

mens spécieux, vos descriptions hyperbo-
liques, au moyen desquelles vous voulez
nous persuader que la femme est plus que

---

duite. Il ne s'agit dans ce discours que de la loi
naturelle, en général, sans égard pour les modifications que les circonstances peuvent lui faire
éprouver en faveur ou au détriment du bonheur
particulier des sociétés. Que de recherches intéressantes ! que de réflexions philosophiques il y
aurait à faire sur les causes physiques et morales
qui font varier les gouvernemens, les mœurs et
les coutumes ! Les femmes sont communes dans
plusieurs contrées d'Asie. A l'île de Ceylan, elles
ont plusieurs époux. D'après les lois de Zoroastre,
les Guèbres pouvaient épouser leur fille ou leur
mère, les frères s'unir à leur sœur, et réciproquement. Les Ciliciens ou Caramaniens se font
un mérite du vol ; les Marattes sont voleurs par
principes de politique ; chez les Koriaques, à
Rennes et Fixes, il est défendu aux filles d'é-
pouser un homme qui n'a pas donné des preuves
de sa dextérité à voler. Les cruels Massagètes,
anciens peuples de Scythie, tuaient leurs vieillards. Plusieurs peuplades de sauvages, des deux
continents, sont anthropophages ; les Égyptiens en-
terraient leurs morts ; les Grecs les brûlaient,
comme le font aujourd'hui les Indiens ; d'autres les

l'homme (1)? que celle-là est une divinité et celui-ci un vil mortel (2)? Les hypothèses, les conjectures, les systèmes qu'on

---

jettent dans des fleuves; telle nation adore les astres; telles autres s'inclinent devant des animaux, des êtres chimériques, etc.

(1) *Thomas* cite une foule de poëtes et autres écrivains des deux sexes qui ont écrit sur la supériorité de la femme au-dessus de l'homme.

(2) C'est dans les pays du Nord que les femmes ont été long-temps regardées comme les souveraines du monde : on y croyait qu'elles lisaient dans l'avenir et qu'elles avaient quelque chose de divin. Adorez les femmes, disait le féroce *Odin* à ses soldats : elles sont des divinités visibles ; que leur amour soit le prix de vos belles actions. Les pythonisses des Hébreux, les sibylles des Grecs, des Romains, des Bretons, jouissaient des mêmes honneurs. Les prédictions des égyptiennes passaient à Rome pour des oracles divins ; chez la plupart des sauvages, les femmes s'occupaient des choses que l'on croyait être surnaturelles ; les cérémonies religieuses, la médecine, la magie leur étaient confiées.

Cette opinion erronée sur la nature divine des femmes a souvent dépendu des charmes de la beauté, et plus souvent encore d'un excès de sensibilité que ces derniers pouvaient faire naître, en exaltant a successivement inventés pour pénétrer les mystères de la génération , nous ont-ils appris qu'un seul dût suffire à la propagation

---

leur imagination par l'aspect ou le contact d'un objet, ou par une simple habitude. Elles simulaient ou éprouvaient réellement de violentes convulsions, dont les effets aussi bizarres que désordonnés faisaient tout le merveilleux. Ces femmes tombaient ensuite dans un état d'extase qui était regardé comme l'instant où elles jouissaient de la vision des dieux, pour en recevoir les oracles sacrés qu'une foule imbécille et crédule attendait avec enthousiasme, et que des prêtres imposteurs faisaient ponctuellement observer dans des vues politiques. Jeanne d'Arragon, mère de Marc-Antoine de Colonne, fut divinisée. On intitula son apothéose le temple de la divine señora Jeanne d'Arragon , etc. Plusieurs poëtes et peintres, grecs et romains, ont consacré leurs pinceaux à la louange des femmes célèbres de leurs pays. Les courtisannes d'Athènes avaient plus d'influence et étaient plus honorées que les philosophes et les autres grands hommes de leurs temps. On éleva à Phriné une statue d'or que l'on plaça dans le temple de Delphes, entre celles de deux rois. Aspasie décidait de la guerre ou de la paix. Cléopâtre commandait à Antoine. Enfin , en Grèce, à Rome, en Italie, on a fréquemment élevé, aux femmes célèbres, des temples magnifiques et de son espèce? N'y prennent-ils pas également part? et, quoi qu'en aient dit plusieurs philosophes de l'antiquité, la femme est-elle moins parfaite que l'homme? (1) Les droits sont donc égaux; et si l'homme est le roi des êtres animés, la femme en est la reine : si celle-ci est une déesse, celui-là est un dieu. De cette égalité de droit naît la subordination réciproque. Lorsque l'un enfreint les lois de la nature, l'autre a le droit de l'y rappeler. Si les passions de

---

des tombeaux fastueux pour consacrer les merveilles qui les avaient distinguées de la foule des autres mortelles.

(1) Tourtelle dit que plusieurs philosophes ont avancé que la femme n'était que le produit du développement imparfait du genre humain, (pag. 87 du 1er. vol. de son *Hygiène*).

Les péripatétitiens, et notamment Aristote, le chef de leur secte, Galien même, ont prétendu que la femme n'était qu'un homme imparfait; ce qui dépend, suivant ce dernier, *du défaut de chaleur suffisante pour pousser au dehors les organes génitaux masculins.* — *Errare humanum est.* (Vide *Arist. de Gen. anim. Lib.* 1, c. 20, *lib.* 2, c. 3; et *Galenum, de sem. lib.* 1, *de usu part. lib.* 14.)

l'homme sont impétueuses, si elles sont comme un torrent débordé, la femme peut, par un sens froid affecté, en modérer la violence ; leur opposer une digue où viendront échouer les vagues. Si elle-même est douée de la plus vive sensibilité, qu'elle ne cherche son bonheur que dans des plaisirs effrénés, l'homme peut modérer cette ardeur par son indifférence.

L'attaque des sexes appartient naturellement à l'un ou à l'autre, suivant les circonstances individuelles et climatériques. Les septentrionaux, les russes, les allemands, et même les anglais, ont besoin, pour sacrifier à Vénus, que leurs femmes ou leurs maîtresses les stimulent par des propos libres et des gestes agaçants. C'est naturellement l'inverse chez les habitans des pays chauds : les exceptions dépendent de la perversion.

Chacun a ses devoirs tracés par la nature des choses, chacun devrait s'en acquitter pour le bonheur général et particulier. Mais, qu'on nous permette de le dire, l'homme, qui est imbu de fausses maximes, se précipite dans le torrent des futilités. La mollesse, l'oisiveté ont pour lui des charmes. Il s'y livre avec délices ; mais bientôt ses passions augmentent, deviennent déréglées et l'entraînent dans des plaisirs effrénés. Dès-lors, ses fonctions naturelles perdent de leur énergie ; l'économie se détériore ; enfin se développent les cruelles maladies qui doivent, mais trop tard, mettre fin à la frêle existence de cet infortuné, victime de lui-même.

« A qui ressemblons-nous ? à ces hommes perdus,
Qui, près de Pénélope, ou chez Alcinoüs,
Du soin de leur parure occupant leur jeunesse,
Et qui, trouvant leur gloire au sein de la mollesse,
Prolongeaient jusqu'au jour le moment du réveil,
Et par de doux concerts appelaient le sommeil. »
(*Hor.* ép. 11, liv. 1, *traduction de M. le comte Daru.*)

L'hypocondrie, les affections érotiques, la stérilité, l'épilepsie, les rhumatismes, la goutte, etc. ne sont que trop souvent les suites funestes d'une vie molle et oisive ! Les préceptes et les usages de l'ancienne Grèce étoient bien plus conformes aux lois de la nature! Les hommes du temps de *Lycurgue*, ceux de la république romaine, livrés à des occupations utiles, à des exercices qui leur assuraient un tempérament robuste, coulaient des jours sereins et trouvaient le bonheur où nos modernes Sibarites succomberaient infailliblement. Hippocrate nous dit que les femmes n'étaient attaquées de la goutte qu'après avoir payé leur tribut à Vénus (1). Galien et Sénèque rapportent que, si celles de leur temps démentent l'aphorisme du père de la médecine, cela provient de l'intempérance et du luxe. L'amour du travail était chez ces peuples une des vertus les plus révérées. Homère nous en offre des exemples, en faisant l'éloge de Calipso et de Pénélope, qui se sont ditinguées par leur industrie domestique. Ovide nous peint Lucrèce ne dédai-

---

(1) Γυνὴ οὐ ποδαγριᾷ, ἢν μὴ τὰ καταμήνια αὐτέῃ ἐκλίπῃ.

« Les femmes ne sont point attaquées de la goutte avant le temps de la cessation des menstrues ». (*Aphorisme* 29, sect. 6, traduction de M. de Mercy.)

gnant pas composer une *Lacerne*, sorte de vêtement, pour son mari. L'histoire sacrée nous en dit autant de l'épouse forte de Salomon (1). Théocrite, Térence, Virgile, sont aussi les admirateurs de la simplicité des mœurs des anciens. Le travail fortifie le corps et l'oisiveté l'énerve, a dit Celse : « *otium corpus hebetat, labor fir-* » *mat.* » La quenouille et le fuseau que portaient au côté les dames romaines, lorsqu'elles allaient au banquet nuptial, étaient le symbole du travail... L'amour des conquêtes, l'ambition et le despotisme des empereurs, changèrent tout dans Rome. Dès que la liberté et le patriotisme ne furent plus que de vains mots, la vertu civique, la simplicité des mœurs se transformèrent en usages aussi indignes du bon citoyen que pernicieux à la santé. La fameuse Aspasie, la superbe Cléopâtre don-

(1) Les indiennes de la province de Quito filent et font les chemisettes et les caleçons, unique vêtement de leurs maris. (*Encyclopédie des Voyages*, par Grasset-Saint-Sauveur.)

nèrent l'impulsion au luxe. Auguste et Antoine paraissent, et déjà la corruption se glisse dans le cœur des habitans de Rome; s'étend, comme par irradiation, de cette capitale, dans tout le monde connu, et devient l'origine d'une foule de maladies jusque-là ignorées. C'est alors que la défiance, la ruse, la supercherie, agitèrent le plus les hommes, et qu'on vit paraître sur la scène tous les attirails de la toilette, compagnons de l'imposture. Le Levant ne produisit point assez de parfums; l'art pharmaceutique, celui du parfumeur, furent mis à contribution; une multitude de gens des deux sexes se livrèrent à de vils emplois pour servir les caprices du luxe (1). Et les excès toujours croissant

---

(1) Le luxe est fils de l'abondance et souvent père de la pauvreté; il fait fleurir les empires pour les précipiter dans le néant : l'histoire et l'observation journalière nous attestent ces tristes vérités, quoique Voltaire ait fort bien dit :

    « Sachez sur-tout que le luxe enrichit
    » Un grand état, s'il en perd un petit.
    » Cette splendeur, cette pompe mondaine,
    • D'un règne heureux est la marque certaine.

en ce genre, contribuèrent à la décadence
des romains (1).

Tous les peuples, à la vérité, même les
plus anciens, au rapport de l'histoire, ont
fait usage de cosmétiques qu'ils ont employés à leur manière et d'après l'idée
qu'ils avaient de la beauté. Mais leurs
pratiques n'avaient rien de dangereux;
les bains, les frictions, les onctions, les
choses nécessaires au soin de la chevelure,
à celui de la bouche, indispensables au

» Le riche est né pour beaucoup dépenser,
» Le pauvre est fait pour beaucoup amasser. »

Tout cela est digne de notre poëte philosophe, rien
n'est plus vrai; mais s'agit-il ici, après les deux
premiers vers, du luxe proprement dit, c'est-à-
dire d'une somptuosité excessive, excédant les facultés? Non certes, car il est évident que si un
état comme un particulier dépense plus qu'il n'a
de moyens, il hâte sa ruine. Le luxe en particulier
est donc constamment nuisible.

« Le luxe, a dit Rousseau, est peut-être nécessaire pour donner du pain au pauvre; mais s'il
n'y avait pas l'un, il n'y aurait pas l'autre. »

(Voy. ses *Pensées*.)

(1) M. Fouquier, médecin de l'hôpital de la

maintien de la santé, étaient leurs cosmétiques.

L'homme, ami de l'erreur, a trouvé des imperfections là où tout est nécessairement

---

Charité de Paris, est auteur d'une brochure justement estimée, dans laquelle il démontre les *avantages d'une constitution faible*. De son système, il résulte que l'individu débile est exposé à des maladies moins dangereuses, vit plus long-temps, est plus sensible, plus spirituel que le robuste; que l'exercice pénible du corps et tout ce qui le fortifie, abrutit l'homme et nuit à son bonheur réel; qu'au contraire la mollesse, le travail de cabinet, et en général toute chose affaiblissant le physique, prolonge l'existence, augmente la sensibilité des sens, développe les facultés intellectuelles, et procure ainsi des avantages incontestables.

Loin d'adopter ici de pareils principes, nous en avons émis qui leur sont opposés à certains égards. Nous n'avons pas cru devoir nous permettre de préconiser une théorie qui, dans plusieurs de ses conséquences, s'éloigne des idées généralement reçues en physiologie comme en morale. Nous n'en sommes pas moins pénétré d'admiration pour les connaissances profondes, les pensées philosophiques qui font la base de l'ingénieux système de notre illustre confrère M. Fouquier, qui nous honore de son amitié.

observé et sagement co-ordonné. Sous ce rapport, il est devenu lui-même l'objet deses plus grandes sollicitudes. Il a eu l'idée de beauté, s'en est formé une d'après ses sentimens, ses goûts ou ses caprices ; et, pour se rapprocher de ce type idéal et variable, il s'est couvert de vêtemens pompeux et magnifiques, s'est mis du rouge et s'est infecté de parfums ! Le beau absolu, d'après *Bichat,* résulte d'une juste proportion entre toutes les parties d'un individu. La beauté de convention, bien différente , peut être définie : un tout qui plaît à nos sens. Et comme les objets ne font pas la même impression sur tous les cerveaux ; que chacun est affecté, sent et juge selon sa nature, il s'ensuit que personne ne doit avoir la même idée du beau. C'est ce que nous prouvent les goûts différents des peuples et des hommes en particulier. Certains peuples d'Asie alongent la tête des nouveaux nés afin de les embellir; ce qui les fit appeler par Hippocrate *Macrocéphales.* Les sauvages de l'Orénoque applatissent le crâne de leurs enfans ; les Éthiopiens trouvent la beauté dans une peau extrêmement noire, un nez épaté et des pommettes saillantes. Des yeux petits et couverts, le visage large, le nez camus, le ventre fort gros, et les pieds très-petits composent la beauté des Chinois et des Japons (1). Les premiers se cirent les ongles et les laissent croître considérablement (2). Il est des peuples chez qui un ongle de quatre pouces de long est si beau qu'on l'estime plus que quatre cens ans de noblesse. A l'île d'*Anjouan*, au canal Mosambique, il est du bon ton de les avoir fort longs et teints d'un rouge tirant sur le jaune. Les Persans préfèrent les femmes brunes, et les Turcs les rousses ; quelques habitans des Alpes aiment leurs maîtresses

---

(1) Voy. Buff., *Hist. nat. de l'hom.*

(2) M. Desvaux, professeur de botanique, qui s'est occupé de recherches sur les Chinois, nous a dit, que l'usage de laisser croître ses ongles n'avait lieu que chez les médecins de cette nation.

en raison de la grosseur de leurs goîtres; parmi nous, l'un est épris de la brune piquante, l'autre de la blonde langoureuse; tel, du goût de Socrate, est amoureux d'un œil louche, etc., etc.

Il est néanmoins un modèle de beauté qui plaît assez généralement : les Européens semblent l'avoir façonné d'après l'Apollon du Belvédère et la Vénus de Médicis, qui servent de Type de comparaison.

Qu'on ne croye pas cependant, que nous ayons la vaine prétention de déroger aux droits de la beauté; son empire est trop bien affermi : elle seule peut soumettre le plus farouche Conquérant, dérider le front du Misanthrope, et régner en souveraine sur ses adorateurs : Hercule filoit aux pieds d'Omphale. Mais nous voudrions nous efforcer de démontrer l'inutilité d'un vain étalage, et les dangers d'un excès de coquetterie. En effet, qu'on nous permette de le dire, un pompeux appareil ne plaît jamais; les graces sont *éclipsées* par une surcharge d'objets éblouissans. La simplicité et le bon goût devraient présider à la toilette.

« Vous qui sortez de l'âge le plus tendre,
Beauté sans art, gardez-vous bien d'en prendre.
Tout plaît en vous sans art et sans apprêt :
Un défaut même est souvent un attrait. »

(Bernard, l'*Art d'aimer*, Ch. II.)

Pâris ne fut point séduit par la parure de la superbe Junon, ni par l'appareil imposant de Minerve : il donna la pomme à la beauté, dépouillée des vains ornemens de ses fières rivales.

Nous terminerons là ces réflexions sur les mœurs des anciens; n'ayant d'autre but que celui d'offrir des principes dont la pratique puisse se concilier avec les goûts et les usages actuels. Nous sommes loin de vouloir proscrire les choses de pur agrément : nous les considérons même comme pouvant être utiles, et contribuer autant à notre bonheur qu'à celui des Dames. Tout ce qui peut les rendre aimables et intéressantes, doit leur être permis; de même tout ce qui peut altérer leurs charmes, et compromettre leur gloire et leur félicité, doit leur être connu pour qu'elles puissent plus sûrement l'éviter.

ALLIANCE D'HYGIE
ET DE LA BEAUTÉ.

CONSIDÉRATIONS SUR LES PROPRIÉTÉS PHY-
SIQUES ET LES FONCTIONS DE LA PEAU.

L'organe ou le système cutané, offre
au naturaliste, des propriétés dépendantes
de l'influence des climats, de l'état de civilisation des peuples, de leurs mœurs et
de leurs coutumes. La peau présente encore des différences suivant les parties du
corps qu'elle recouvre. Sa couleur varie
singulièrement. Les habitans les plus rap-
prochés des pôles l'ont ordinairement très
blanche. Les Finlandais, les Suédois nous
offrent le prototype de cette blancheur
éclatante, qui perd insensiblement de son
intensité à mesure que l'on approche de
la ligne équinoxiale. Les Russes, les Allemands, les Anglais, Les Français, les Ita-
liens etc., s'éloignent de ce type, en rai-

son du degré de latitude du pays qu'ils
habitent. Nous pourrions faire mention des
circonstances qui semblent détruire cette
explication, dire pourquoi quelques peuplades d'Afrique, ont la peau blanche quoi-
qu'ils habitent la Zone torride et même
sous l'équateur; tandis que d'autres qui vivent sous les Zones glaciales et les climats
qui avoisinent les cercles polaires, l'ont
basanée, ou presque noire. Il nous suffira d'établir en principe général, d'après
les remarques des voyageurs naturalistes,
et l'analogie des lois physiques, que la
couleur de la peau est essentiellement due
à l'influence solaire; et non aux propriétés organiques d'une variété particulière
d'hommes, comme on l'a prétendu, et le
prétendent encore quelques naturalistes.
C'est d'après cette influence de l'astre du
jour, que les Espagnols ont le teint basa-
né, les Siamois, gris-cendré, les Mongols,
les Egyptiens, olivâtre; les Maures, brun
foncé; les Cafres, les Hottentots, noir; les
Ethiopiens, les Nubiens surtout, plus noir

encore. Et, si le nouveau continent n'offre pas d'hommes aussi colorés que le nôtre, cela dépend de ce que sa température est généralement moins élevée. Les Brésiliens sont jaunâtres; les Caraïbes, olivâtres ou presque noirs; les habitans du Mississipi, de la Floride, du Canada, basanés; mais ils seroient blancs comme les Européens, s'ils étaient civilisés comme eux.

Les professions et plusieurs autres circonstances individuelles ou sociales, peuvent modifier la couleur naturelle de la peau. C'est ainsi qu'un habitant des pays chauds deviendrait blanc, éprouverait un véritable étiolement, s'il se privoit de l'heureuse influence du Soleil. De même celui qui est trop fréquemment soumis au contact des rayons de cet astre, devient plus ou moins brun : tels que , le laboureur, le berger, le voyageur piéton, qui sont pour ainsi dire oxidés par l'ardeur de la lumière solaire. Les gens de cabinet, les oisifs sédentaires, les petites maîtresses sont ordinairement décolorées. Les Italiennes du bon ton, qui ne sortent jamais sans être gantées et voilées, ont une peau de lis. Tous ces faits viennent à l'appui de l'assertion de plusieurs auteurs qui pensent, comme *Buffon*, qu'après un certain nombre de générations, le nègre qui habiterait un climat tempéré ou froid, finirait par devenir blanc.

C'est une erreur de croire que le soleil du mois de mars noircisse davantage le teint qu'à toute autre époque du printems et de l'été. Cela est physiquement impossible; plus il fait chaud plus le teint est sujet à noircir : c'est une conséquence des principes que nous venons d'établir.

Les Albinos, c'est-à-dire, les nègres blancs (1); quelques peuplades des deux continens, que l'on peut aussi appeler Albinos, tels que les Chacrelas de Java, les

_____

(1) Ces hommes imparfaits, issus de pères et de mères noirs, sont faibles, petits, imberbes, et ont, au lieu de cheveux à la tête et de poils aux sourcils, une espèce de végétation soyeuse d'un blanc de lait. Leurs yeux sont tremblotans, très-sensibles à

Bédas de Ceylan; les *Crétins* (1), et quelques autres Européens; plusieurs habitans de l'histhme de Darien, en Amérique; les belles d'un teint laiteux, qui font l'admiration des amateurs et l'ornement des salons; enfin, toutes les personnes d'un blanc que l'on peut dire inanimé, ne sont telles que par une altération accidentelle qui les a étiolées. Cet état maladif favorise l'indo-

---

la lumière, et ressemblent, pour la couleur, à ceux de perdrix. Leur peau est d'un blanc de linge; ils ont des passions très-modérées, et peu d'intelligence. Ils vivent dans des huttes, d'où ils ne sortent que pendant la nuit, ce qui les a fait appeler aussi, *hommes nocturnes.*

(1) On appelle ainsi certains idiots de petite taille, que l'on rencontre en assez grand nombre dans le Bas-Valais, dans les vallons des Alpes et des Pyrénées. On leur a donné le nom de Crétins, qui vient de chrétien, parce qu'ils n'ont pas l'esprit de faire le mal... *Beati pauperes spiritu, quoniam ipsorum est regnum cœlorum* (Matth. 5, 3.) Par une fausse interprétation de cette sentence, plusieurs familles superstitieuses se mettent sous la protection de ces imbécilles, les reçoivent à demeure, les nourrissent, et les respectent dans la plus parfaite oisiveté.

lence, la paresse, l'oisiveté et surtout le développement des maladies nerveuses.

Les tempéramens *lymphatiques*, les sanguins, sont les plus favorables à la blancheur de la peau; les bilieux et les mélancoliques lui donnent une teinte jaunâtre, brune, et quelquefois livide.

Les personnes grasses sont d'ordinaire plus blanches que les maigres. La mélancolie, le chagrin habituel rendent la peau terreuse; un accès de colère peut causer la jaunisse. L'usage des alimens fortement épicés et âcres, l'abus des liqueurs spiritueuses peuvent occasionner un teint cuivreux, inégal, et quelquefois cette hideuse maladie que l'on appelle *couperose*. Les passions douces au contraire, la quiétude morale, l'exercice et un régime alimentaire convenables au tempérament, embellissent le teint autant qu'il est possible, en entretenant l'activité des fonctions, dont l'intégrité constitue la santé. Les applications émollientes, les bains, favorisent la blancheur de la peau, comme nous aurons occasion de le développer plus tard.

La conformation extérieure de la peau, présente aussi des différences suivant les circonstances individuelles et climatériques. Elles est douce au toucher, unie, satinée et très-fine ; ou bien dure, racornie, écailleuse et parsemée d'aspérités plus ou moins proéminentes, (les durillons, les verrues, ou porreaux), ou de taches brunes, rousses, saillantes ou non, (les signes, le hâle). On remarque encore sur la surface de la peau, du visage surtout, des rides et des plis, qui résultent de la contraction presque permanente des muscles dits *peauciers* à cause de leur adhérence au derme. Le jeu de ces puissances motrices est surtout déterminé par les passions vives, réelles ou simulées. Dans la colère, l'indignation, la fureur, le front est ridé, les sourcils et le nez sont froncés, les joues et les lèvres sillonnées par l'action subite des muscles. Les rides sont d'autant plus prononcées que l'on est plus âgé, et que la maigreur est plus

grande. Dans la vieillesse la peau se dessèche, ses pores se racornissent ; ils s'oblitè-
rent. Le dessèchement des parties *sous-ja-
centes* cause le relâchement de l'enveloppe
du corps, qui se ride alors naturellement.

Les violentes passions, l'emploi de plusieurs cosmétiques que nous signalerons
bientôt, ne laissent que trop souvent les
traces d'une vieillesse prématurée qu'il est
impossible de faire disparaître.

Toutes ces qualités extérieures de la
peau sont inhérentes à son organisation,
dépendantes de maladies, ou produites ac-
cidentellement sans altération sensible de
la santé. Les unes peuvent être détruites
sans danger, d'autres ne sauraient l'être
sans causer des accidens, d'autres enfin sont
indélébiles.

Ici, nous ne pouvons guère nous dispenser de parler un instant le langage de l'a-
natomiste. La peau est composée de trois
parties appliquées les unes sur les autres.
La plus extérieure est l'épiderme ou sur-
peau, dont la stucture paraît être inorgani-

que. Sa surface est écailleuse, percée d'une infinité de pores qui correspondent aux orifices des vaisseaux *exhalans* et *absorbans*, (c'est-à-dire, chargés d'expulser les matières de la transpiration, la sueur, ou d'absorber celles pour lesquelles ils ont de l'affinité). C'est l'épiderme qui se trouve soulevé par l'effet d'un vésicatoire ou d'une légère brûlure. La seconde partie protégée par la précédente, est le siége de la sensibilité tactile; elle résulte de l'épanouissement des dernières ramifications nerveuses, et d'un tissu *vasculaire* appelé réseau de *Malpigi*, composé de petits vaisseaux qui admettent des luides blancs, légèrement rosés, ou d'un rouge vermeil, comme aux joues, aux lèvres. La troisième partie cutanée est ce que les anatomistes appellent le *Corion* (cuire); elle est formée par un tissu très-résistant, dans la composition duquel entre une grande quantité de nerfs : c'est l'organe le plus sensible après ces derniers. La surface adhérente de la peau communique au moyen des nerfs, des vaisseaux, etc. avec

tous les organes qu'elle recouvre médiate-
ment ou immédiatement. Cette communication établit entre eux une dépendance ,
un enchaînement nécessaire au libre exercice des fonctions les plus importantes à
la vie.

La sensibilité de la peau est susceptible de
beaucoup d'anomalies. Elle est plus grande
chez le nègre que chez le blanc ; le citadin
l'a plus exaltée que le paysan, la femme que
l'homme, l'enfant que le vieillard. Une disposition nerveuse, naturelle ou acquise par l'oisiveté, l'excès des plaisirs, les applications
excitantes, l'abus même de celles qui sont
adoucissantes, peuvent exalter la sensibilité
de la peau et produire plusieurs affections cutanées, telles que diverses espèces de dartres.
Les variations de température, le contact
d'un corps froid ont quelquefois subitement
déterminé un spasme général, des convulsions, la suppression de la transpiration,
celle du flux menstruel, et ont été la cause
éloignée des maladies qui peuvent être la
suite de ces accidents. La susceptibilité de

la peau peut être telle, que la moindre pression devienne insupportable. Anne d'Autriche ne pouvait souffrir le frottement du linge le plus fin. Le trop grand plaisir que procure le chatouillement aux personnes très-nerveuses, aux jeunes gens surtout, peut déterminer un rire sardonique, des desirs érotiques, des palpitations, des syncopes, des spasmes de poitrine, des convulsions, l'asphixie et la mort.

La peau est le siège du tact et du toucher, qui ne sont autre chose que la sensibilité tactile mise en jeu. Ce dernier sens est susceptible de perfection par l'habitude, ou la destruction d'un autre sens. Qui ne connaît l'extrême délicatesse du toucher des aveugles? Plusieurs de ceux des Quinze-Vingts lisent, et jouent trèsbien aux cartes. L'habitude de manier de petits objets, et tout ce qui rend la peau douce et mince, perfectionne le toucher.

La transpiration insensible à l'œil est une fonction des plus importantes ; elle a pour but d'enlever certains principes *excrémen-titiels*, et d'entretenir la souplesse et la fraîcheur de la peau. L'utilité de cette fonction est d'ailleurs démontrée par la multitude de maladies qui sont la suite de son dérangement : les catarrhes, les fluxions de poitrine, les diarrhées, les rhumatismes, les dartres, les teignes, les obstructions, les hydropisies, peuvent être le résultat du trouble de la transpiration. Elle est plus ou moins active suivant les pays, les saisons, les variations atmosphériques et l'état constitutionnel ou maladif de l'individu. La matière de la transpiration varie aussi quant à sa nature, suivant les mêmes circonstances et les parties de la surface du corps. Elle s'exhale en vapeurs insensibles; mais lorsqu'elle vient en abondance, et que la chaleur ne suffit pas pour l'évaporer, elle se condense et forme la sueur.

La chaleur, la course, la danse, un travail pénible de corps, le bain tiède ou chaud, l'usage des excitans, des boissons chaudes, en un mot tout ce qui excite le *système cutané* et accélère la circulation, favorise ou augmente la transpiration. Il serait nuisible de l'augmenter fréquemment si l'on se porte bien. Il en résulterait une faiblesse réelle. Des maladies sans nombre pourraient être la suite de sa suppression, que déterminent trop souvent l'influence du froid, les spasmes nerveux et l'usage des cosmétiques minéraux.

Indépendamment de la matière de la transpiration, il transude à travers la peau, une humeur huileuse, dont il faut prévenir la corruption par les soins de propreté; sans cependant s'exposer à en arrêter la sortie par des applications froides ou astringentes.

Cette humeur est plus abondante et d'une odeur plus forte chez les nègres que chez les autres peuples. La tête, le cou, les aiselles, et généralement toutes les régions extérieures du corps où la température est plus élevée, sont celles qui l'exhalent en plus grande quantité. Ses usages sont d'assouplir, d'adoucir la peau, et de favoriser ses fonctions. Il est donc important de respecter cette *excrétion* huileuse dont la suppression pourrait contrarier le but de la nature.

La faculté qu'a la peau d'introduire dans l'*économie animale* certaines substances, s'appelle *absorption*. C'est une des fonctions qu'il importe ici de bien entendre. Elle a lieu par une infinité de pores qui aboutissent à des vaisseaux, chargés de transmettre les matières absorbées dans le système de la circulation. Les endroits où la peau est fine et délicate comme au visage, au cou, aux articulations, à la partie interne des membres, sont ceux où l'absorption est la plus facile. Les physiologistes ont observé qu'elle est plus active chez les individus faibles et cacochymes, chez les femmes et les enfants, que chez les gens robustes, les hommes adultes et les vieillards.

L'absorption ne paraît être nécessaire que pour fournir une voie de guérison à plusieurs maladies. Dans l'état sain, elle est presque toujours nuisible (1). C'est par elle et par la respiration que nous contractons la peste, la petite vérole, la rougeole, et toutes les autres maladies contagieuses. Les exhalaisons méphitiques, les applications métalliques ou autres substances délétères, introduites en nous par l'absorption, peuvent causer des maladies du plus mauvais caractère.

Ces réflexions sur les qualités et les fonctions de la peau, étaient nécessaires pour concevoir la manière d'agir des substances, ou des pratiques dont on peut faire usage pour l'embellir. Il est impossible de se rendre raison de l'influence d'un corps, sans connaître les propriétés de celui qui reçoit l'action. Nous avons donc cru devoir, au risque d'ennuyer le lecteur, démontrer l'impor-

---

(1) On peut néanmoins avancer, avec raison, que la surface absorbante de la peau puise dans l'air et la lumière, à l'instar des végétaux, des principes utiles à la conservation et à la santé de l'homme.

tance des fonctions de la peau, et mettre
en opposition les maladies qui sont le résultat de leur dérangement. Quelle admirable correspondance dans l'exercice de
l'organe cutané! Quel vif intérêt doivent
inspirer ses merveilleux enchaînemens dont
l'interruption nous cause tant de maux!

COSMÉTIQUES DE LA PEAU.

Toutes les maladies influent sur la beauté de la peau. La santé est une condition
indispensable à sa fraîcheur et à son éclat.
L'habitation des lieux bas, obscurs, hu-
mides, la fréquentation des salles de spectacles, des boudoirs, des églises; l'oisiveté
et l'abus des bains, blanchissent la peau
en altérant la santé; la blancheur qui en
résulte est fade, inanimée, dépourvue de
cette légère nuance rosée sans laquelle on
a l'air d'une figure de cire.

Le défaut de propreté, l'abus des mets
trop succulens, du café, du thé, des liqueurs spiritueuses, l'excès des veilles ou
du sommeil; les fréquentes contentions

d'esprit, l'ambition, la haine, le poison lent des passions tristes, les plaisirs déréglés, etc., sont autant de causes éloignées qui, après avoir déterminé à l'intérieur des dérangemens plus ou moins funestes, peuvent produire un grand nombre de maladies cutanées, et changer la nature et la couleur de la peau. A la dépravation du système nerveux, au trouble des fonctions animales succèdent des éruptions de diverses espèces; et quoique les causes n'aient pas directement agi sur la peau, elle n'en est pas moins affectée consécutivement. Son aspect est souvent le thermomètre des opérations vitales intérieures.

Le désir ardent d'acquérir de la beauté a fait employer des substances qui ont produit un résultat contraire à celui qu'on en attendait.

L'art de rajeunir et d'embellir est aussi riche en moyens que fécond en découvertes. Les liqueurs spiritueuses et aromatiques, les eaux distillées, les huiles essentielles, les acides végétaux, plusieurs

sels et oxides, entrent dans la composition des esprits, des essences et quintes-
cences, des pommades, des opiats, des
poudres, etc., que les charlatans introduisent à grands frais dans les cabinets de
toilette.

Plusieurs femmes font encore la folie de
se plâtrer la peau avec du blanc de fard
(oxide de bismuth), la litharge (oxide de-
mi-vitreux de plomb), la céruse (carbonate
de plomb), les alcalis, les pierres calcaires,
et ne craignent pas de se faire, avant de
se farder ainsi, de fréquentes lotions avec
des liqueurs dans lesquelles entrent des
aromates, des résines, des baumes plus ou
moins irritans, et préalablement dissous
dans l'esprit de vin. Les gants glacés, les
mouchoirs de Vénus, faits avec de la toile
imbibée d'une composition d'alun, de céruse et de gomme adragant, sont en usage
en Italie.

Toutes ces substances attaquent les propriétés vitales du tissu cutané. Elles augmentent sa sensibilité, produisent des

éruptions milliaires ou dartreuses, et détruisent enfin son ressort et son éclat.
Alors les vaisseaux *capillaires* n'ont plus
d'énergie ; le sang y circule à peine ; la
peau blanchit, mais elle se ride ; ses pores
crispés remplissent mal leurs fonctions ;
la transpiration est languissante ; l'humeur
perspiratoire, qui devait être rejetée, se
porte à l'intérieur, et peut déterminer l'engorgement de plusieurs organes, produire
l'inflammation des *membranes séreuses et*
muqueuses, et par suite des diarrhées, des
dyssenteries, des hydropisies, des toux,
des catharres suffoquans, des phtysies.

L'usage abusif de l'eau de Cologne est
toujours dangereux; bien que cette liqueur
soit conforme à sa véritable recette. On
peut en dire autant du lait virginal, qui
n'est autre chose que de l'extrait de Saturne (acétate de plomb), ou de la teinture
de benjoin précipitée par l'eau, qui prend
alors un aspect laiteux.

Il est des femmes qui font usage de moyens
plus agréables, mais presque aussi nui-

sibles : elles se plongent mollement dans des bains mucilagineux, dans ceux de lait par exemple, à l'imitation de la célèbre Poppée, qui faisait nourrir 500 anesses pour entretenir de lait les bains où elle puisait ses plus grandes incommodités. Au sortir de ces bains, les petites maîtresses se gardent bien de s'exposer à l'heureuse influence de la lumière, par une promenade aussi agréable que salutaire. Elles se traînent nonchalamment dans leur boudoir, se jettent sur un sopha, s'endorment ou lisent l'*Art d'aimer*, le *Mérite des Femmes*, ou quelques mauvais romans; puis elles s'ennuient, se parent, s'embaument, se mirent cent fois, et ne sortent de ce réduit de l'indolence que pour prendre leur dîner, à l'issu duquel une voiture les conduit au bal ou au spectacle. Dans l'intention de conserver la beauté de leur taille et la finesse de leur peau, ces mêmes femmes croyent devoir user d'une nourriture peu abondante, végétale, laiteuse ou *acescente,* ce qui tend encore à les affaiblir et à les rendre *cacochymes.* La graisse s'accumule alors par défaut d'énergie; il y a bouffissure, flaccidité générale, embonpoint excessif; ou bien maigreur par inertie, ou par l'abus des alimens trop épicés et des limonades; elles deviennent enfin la proie de la terrible *cohorte* des maladies nerveuses.

Toute composition mystérieuse que le Charlatanisme prône au préjudice de la santé devrait être exclue des cabinets de toilettes : aucun cosmétique ne devrait être employé sans en connaître la formule. Tous ceux dans lesquels il entre des oxides métalliques, des sels et des acides minéraux doivent être bannis ; les autres doivent être employés avec réserve, et toujours d'après l'avis d'un médecin. Nous ne perdrons pas de temps à faire l'histoire des innombrables cosmétiques. Elle n'aurait d'autre limite que celle de l'art du parfumeur, qui peut les varier à l'infini; elle ne serait d'ailleurs d'aucune utilité aux personnes qui voudront se conformer à nos principes, et pourrait être dangereuse à ceux que l'évidence ne saurait convaincre. Toutes ces eaux merveilleuses, ces crêmes admirables, ces opiats sans pareil, ces fards de nymphes, que les journaux annoncent comme d'importantes découvertes, et dont ils conseillent l'usage, sont, ou du réchauffé des Grecs et des Romains, ou le résultat d'associations nouvelles de substances très-connues. Pour qu'un cosmétique ait de la vogue, il suffit souvent de le faire examiner par un comité de médecins ; et s'il déclare que les propriétés n'en sont pas nuisibles, le charlatan s'empare de ce témoignage ; le fait interpréter en sa faveur, et s'en sert comme de preuves irrévocables de l'excellence de son prétendu secret, qui peut être comparé à de l'ongent *miton mitaine*. Que de compositions de ce genre des imposteurs débitent sous mille et mille formes, pour s'enrichir aux dépens de la trop crédule coquetterie !

Cependant pour compléter ce paragraphe, nous allons parler des substances dont l'expérience atteste l'efficacité ou l'inocuité. Mais nous l'avons déjà dit, ce serait vainement que l'on chercherait à faire disparaître certaines rides et rugosités du visage : les eaux spiritueuses et aromatiques, les pommades, les huiles ne sauraient les effacer. Si la peau a perdu son éclat et sa souplesse, que le teint soit plombé, terreux, c'est la cause qu'il faut combattre. Si, par exemple, cette disposition est dûe, comme cela arrive souvent, à des excès ou à des privations dans le régime; que des plaisirs immodérés, ou des passions tristes en soient la cause essentielle; il est évident que l'usage des cosmétiques locaux ne produirait aucun effet avantageux. Dans ce cas le conseil du médecin devient encore indispensable. Nous ne pouvons, dans ce livre, rien dire de général quand il s'agit d'altération interne : tout s'enchaîne en médecine. C'est une erreur dangereuse de croire que cette science peut être mise à la portée du peu-

3.

ple. Les livres écrits dans cet esprit, font autant de victimes que les charlatans.

Si la peau du visage ou de toute autre partie du corps est hâlée, rembrunie ou desséchée par l'influence de la lumière so-laire, les applications émollientes et adou-cissantes suffisent pour lui donner la fraî-cheur et la blancheur qu'elle est suscepti-ble d'acquérir. Dans ces cas on emploie avec succès les décoctions de bouillon blanc, de fèves, de guimauve ; les eaux distillées de roses, de fraisiers, de pim-prenelle ; et, comme le prescrit l'école de Salerne, celles d'Hysope et de Scabieuse. La sève de vigne et l'eau distillée de frais de grenouille, passent pour avoir des ver-tus cosmétiques qui ne sont rien moins que démontrées. On peut aussi employer, d'aprés l'avis de M. Cadet de Gassicourt, les pommades de concombre, d'amandes douces, de cacao (1), de baume de la Mec-

_____

(1) M. Lange, boulevard Montmartre, n°. 16, est l'inventeur de la pommade de cacao pour la-quelle il a obtenu un brevet d'invention.

que et autres analogues. Mais, quant aux
préparations que ce savant conseille lorsque le teint se trouve altéré par la respiration d'un mauvais air, le défaut d'exercice, les veilles, l'usage du fard, l'abus des
plaisirs, les digestions laborieuses, les affections morales; nous pensons que ces cosmétiques ne doivent pas être employés
seuls, et que les causes doivent être com-
battues en même temps que les effets. C'est
sans doute aussi le sentiment tacite de l'auteur que nous citons. Voici une de ses recettes qui nous a paru bonne : « Triturez
dix gouttes de baume de la Mecque avec
un gros de sucre, ajoutez-y un jaune d'œuf,
mêlez exactement en y versant peu à peu
six onces d'eau de roses distillées : passez
cette émulsion balsamique à travers un
blanchet. On se frotte le soir le visage avec
cette composition, qu'on laisse sécher sans
l'essuyer ; le matin on se lave avec de l'eau
pure (1). »

(1) *Dictionnaire des Sciences médicales*, art. *Cosmétiques.*

Quelques exemples que nous pouvons rapporter, rendront plus sensibles les règles à observer pour procurer au teint l'embellissement dont il est susceptible.

Dans l'été de 1814, des circonstances particulières forcèrent Mademoiselle H. de faire, à pied, un voyage de huit jours. De grandes fatigues, la perte de la fraîcheur, celle du vermeil du teint et de cette blancheur de lis, en furent les déplorables suites; et le plus joli minois de 18 ans fut métamorphosé en vieille figure toute hâlée et sillonnée. . . . Comment reparaître en société dans ce triste état! La coquetterie française ne le permet pas. . . Appelé pour réparer promptement les injures de ce fatal voyage, je prescrivis à mademoiselle H. le séjour dans ses appartemens jusqu'à la réparation de ses forces, un bain tous les deux jours, et pour le visage, de fréquentes lotions d'eau de guimauve aromatisée avec le baume de la Mecque convenablement dissout, une ou deux embrocations par jour d'huile d'amandes douces à la tubéreuse; enfin pendant la nuit l'application sur la face d'un enduit fait avec l'eau de bouillon blanc, la gomme adragant et la pâte d'amandes : le matin l'eau simple pour enlever cette couche emplastique. Le huitième jour de ce traitement Mademoiselle H. s'offrit dans les cercles avec tout le séduisant de sa beauté primitive.

Madame D. consulta un pharmacien de Paris pour des taches qui lui étaient restées au visage et au cou, depuis sa dernière couche. Cet homme de l'art lui conseilla de les laver matin et soir avec de l'eau seconde de chaux, dans laquelle on mettrait une cuillerée d'eau de Cologne par verre. Bientôt après s'être conformée à cette prescription, madame D. eut la figure couverte de dartres farineuses et d'échauboulures pour lesquelles je fus appelé : quelques lotions émollientes et aromatiques suffirent pour les dissiper.

Les taches de cette espèce disparaissent presque toujours par les seuls secours de la nature. Si elles durent trop long-temps, et qu'on veuille les guérir, on y parvient par l'emploi réitéré d'une eau émolliente, dans la quelle on verse quelques gouttes de teinture de myrrhe et d'aloës.

Pendant cinq mois, immédiatement après chaque époque *menstruelle*, Mademoiselle P. agée de 17 ans, fut affligée de l'apparition au visage d'une grande quantité de petits boutons, de la nature de ceux que l'on appelle saphirs, à cause de leur aspect luisant. Cette éruption qui me parut devoir son origine à une cause interne, incommodait davantage Mademoiselle P. par l'atteinte qu'en éprouvaient ses charmes, que par la faible douleur que lui causaient ces boutons, dont la durée était de cinq à six jours. Mademoiselle P. se privait alors des agrémens de la société; elle ne voulait voir personne, et se retranchait dans son boudoir, pour y gémir sérieusement de son incommodité. Voici les remèdes que j'opposai à tant de maux : deux légers purgatifs et des fomentations d'eau de guimauve avec quelques gouttes de teinture de benjoin. Je répétai les mêmes moyens à la prochaine éruption. Au troisième mois il ne parut plus rien; la cure fut complète; et il y a déjà quatre ans que le teint *vermeil* de Mademoiselle P. n'est plus enluminé par des *saphirs*.

Lorsque les boutons de cette espèce ne tiennent pas à un embarras *stomacal* ou *intestinal*, qu'ils se manifestent en petit nombre, le meilleur moyen de les faire disparaître dès leur principe, consiste à les percer avec une épingle d'or : on extrait en pressant leur base, *le bourbillon* qui en est la cause matérielle, puis on se lave à l'eau fraîche pour répercuter l'inflammation. Si l'eau simple ne suffit pas, on peut y verser quelques gouttes d'extrait de Saturne, avec lequel on forme un faible lait virginal.

Les verrues, ou porreaux, cèdent ordinairement à l'application réitérée de la pierre infernale (nitrate d'argent fondu). Ce caustique est le moins douloureux, et celui qui laisse le moins de difformités. L'emploi de l'eau-forte (acide nitrique non concentré), laisse une profonde cicatrice plus désagréable que la verrue. L'ardoise

calcinée et réduite en pâte avec du fort vinaigre, l'eau distillée de scrophulaire, celle
de plantain dans laquelle on met de l'huile
de tartre par défaillance (sous-carbonate
de potasse liquifiée), la campanule, les cataplasmes de bulbes de colchique, et autres
plantes dont les propriétés corrosives détruisent insensiblement les parties vivantes
sur lesquelles on les applique, ont souvent
lassé la constance de ceux qui en ont fait
usage sans succès. Voici un moyen qui
m'a parfaitement réussi, chez deux dames qui avaient les mains couvertes de
verrues, et qui redoutaient l'application
de la pierre infernale : j'ai fait, pendant
trois jours, envelopper les mains avec des
cataplasmes émolliens. Le quatrième jour,
j'ai saupoudré les excroissances avec de la
poudre de sabine, maintenue avec un linge
et un gant ; l'usage de cette poudre, continué l'espace de six jours, a suffi à la guérison.

A l'âge de 18 ans, Mademoiselle B. fut
atteinte de la petite vérole, et, dès le com-
mencement de l'éruption variolique, d'un

violent chagrin, fondé sur la crainte de voir altérer ses traits chéris. Les consolations de ses amies, de ses parens, du médecin, ne firent rien sur son esprit ; rien ne put effacer l'affreux tableau qu'elle se figurait : elle se croyait déjà hideuse, et pensait voir s'enfuir à son aspect, ceux qui l'avaient idolâtrée. Cette triste idée, ou plutôt cette sinistre manie , aggrava tellement son état, que les symptômes les plus alarmans firent craindre une mort prématurée. La maigreur fut extrême, la convalescence fort longue, les rides et les taches furent encore plus long-tems à disparaître. Lorsque la malade fut en état de sortir , je lui conseillai de prendre en plein air le plus d'exercice qu'elle pourrait, le matin sur-tout, (c'était en été); d'y joindre toutes les fois que les forces le permettaient, un bain général d'eau tiède dans laquelle on aurait fait infuser des plantes émollientes et aromatiques, telles que la mauve, le bouillon blanc, la sauge, etc., à l'issue du bain des frictions sèches sur toute la surface du corps ; immédiatement après, une légère onction avec l'huile d'a-

mandes douces à l'essence de rose. On es-
suyait légèrement avec un linge fin; Mademoiselle B. prenait ensuite un bon con-
sommé, et ne se mettait à table qu'après
avoir fait une promenade. Je lui prescrivis
de plus, de se laver fréquemment le visage
et les mains avec des substances adoucissantes, telles que la pâte d'amandes, la
solution de gomme adragant, rendue dé-
tersive par une petite quantité de jus de
citron, d'eau de cologne ou d'extrait de
Saturne. La pommade de M.Cadet de Gassicourt, celle de concombre, de limaçon,
l'essence de savon m'ont paru quelquefois
être indiquées. Les progrès de la guérison furent rapides : ils firent naître la satisfaction
et goûter le plaisir de la plus flatteuse espé-
rance. Mademoiselle B. recouvra bientôt
toute la fraîcheur de son âge. Les rides et
les taches disparurent complètement ; les
petites excavations devinrent presqu'insensibles; (1) et six semaines suffirent pour

_____

(1) Pour empêcher autant que possible l'action
destructive de la matière purulente, j'ai, à l'imi-

effacer les traces meurtrières d'une des plus cruelles maladies du genre humain.

Le moyen le plus sûr de prévenir les effets de cette affection contagieuse , est sans contredit, d'empêcher son développement par l'inoculation de fluide vaccin, ou variolique. En Géorgie, en Circasie et autres provinces de l'Asie où l'on fait de la beauté un objet de spéculation , on inocule la *variole* depuis un tems immémorial, moins encore pour se préserver des dangers de cette affection, que pour éviter ses hideuses suites, dans l'espoir de devenir l'esclave d'un Soudan.

On a négligé l'inoculation depuis l'heureuse découverte de la vaccine, dont les avantages sont incontestables. Nous devons ici la proposer comme un important préservatif en faveur de la beauté. Hommage soit rendu à l'inventeur de la vaccine (1),

---

tation de *Matthiole*, recouvert les boutons en suppuration d'un enduit composé avec de la crême de lait et une terre absorbante. (*La Magnésie.*)

(1) M. *Chaptal* a prouvé, dans une séance de la Société d'encouragement du mois de janvier 1816,

à ses propagateurs, aux philanthropes dont
le noble courage terrasse l'erreur et pro-

---

que la découverte de la vaccine a eu lieu à Montpel-
lier en 1781. *Pew*, chirurgien anglais, étant dans
cette ville, *Rabaud*, ministre protestant, lui pro-
posa d'essayer le vaccin des vaches pour inoculer
la petite vérole. *Pew* promit d'en parler à son ami
le docteur Jenner, qui depuis s'est acquis la gloire
d'être le premier, le plus zélé et le plus savant propagateur de cette importante découverte, qu'il pouvait se dispenser de s'attribuer pour s'assurer la
reconnaissance de l'humanité.

Depuis que j'ai publié cette revendication par la
voie du *Journal de Paris* (3 janvier 1817), j'ai eu
l'honneur de voir M. le comte Chaptal qui m'a donné
de plus grands détails sur les circonstances qui en
établissent l'authenticité. Quelques années après
l'époque de sa découverte, M. *Rabaud-Pommier*
apprit qu'elle avait parfaitement réussi en Angleterre. Il écrivit au chirurgien *Pew* pour lui rappeler la proposition qu'il avait faite d'inoculer le
cowpox (vaccin) pour préserver de la petite vérole.
Pew répondit qu'il l'avait communiquée au docteur
Jenner qui en avait fait l'application avec le plus
grand succès. *Rabaud* ne fit aucune réponse, ce qui
fit croire à *Pew* que sa première lettre n'était pas
parvenue, et lui en fit écrire une seconde dans le
même sens. *M. le comte Chaptal* a lu ces deux
lettres.

page l'utile vérité que d'absurdes préjugés méconnaissent encore.

Déjà la vaccine a rendu d'immenses services ; les habitans des villes et des campagnes ne sont que rarement moissonnés, défigurés ou estropiés par la petite vérole. Les princes, les magistrats et généralement tous les hommes instruits et raisonnables font vacciner leurs enfans. Il n'y a plus que les commères et les systématiques opiniâtres qui se refusent de croire aux succès et aux avantages de la vaccine, attestés par 36 ans d'expérience.

Qu'on me pardonne cette digression en faveur de mon amour pour les découvertes utiles et de ma respectueuse estime pour les bienfaiteurs de l'humanité, qui en sont les auteurs ou les apôtres.

FARDS.

Toutes les compositions dont on faisait usage autrefois pour cacher la laideur s'appelaient fards, et étaient les agens de la *commotique* ou cosmétique érigée en art par les faux principes de *Criton* (1), qui en fut justement puni. Quelques médecins de son genre, des alchimistes et une multitude d'autres charlatans se sont avilis en composant un grand nombre de fards de diverses couleurs et de substances constamment nuisibles. L'art imposteur de se farder, dit Demoustier, n'existait pas encore au premier âge du monde :

« On se présentait à la cour
Avec ses traits et son visage.
On ne changeait point en un jour
De teint, de cheveux, de corsage.
L'art de plaire rajeunissait ;
C'était le seul fard en usage ;
Il ne déguisait aucun âge ;
A tout âge il embellissait ;
Et dès qu'à la cour de Cybèle
Une déesse paraissait,
On était sûr que c'était elle. »

(*Mythologie*, lettre XXIV, deuxième partie.)

(1) Ce Criton fut disciple d'*Acron* d'Agrigente et médecin de Plotine, femme de l'empereur Trajan, à qui il dédia l'ouvrage qu'il avait composé sur la toilette. Archigène, médecin de Cléopâtre, a écrit sur le même sujet. Il a aussi dédié son livre à sa souveraine. Voy. Moreri, et *Fabricius*, *Bibl. græc.*, vol. 12, *pag.* 688.

Les Asiatiques introduisirent en Grèce et dans Rome l'usage d'un fard noir à base d'antimoine et de plomb, qui servait à teindre les sourcils des élégantes de ce temps. Les dames romaines imaginèrent le rouge et le blanc de fard. L'art s'est épuisé dans la manière de les fabriquer, sans qu'on ait pu jusqu'à ce jour les employer impunément. Quelle que soit la nature des substances qui entrent dans leur composition, leur action est mécanique ou chimique : dans le premier cas, les pores de la peau sur laquelle on les applique, sont obstrués par la matière : la transpiration se trouve arrêtée, et la peau s'altère consécutivement. Le rouge végétal, et celui qu'Ovide conseillait aux courtisannes, paraissent, d'après leur composition, n'avoir qu'une action mécanique (1).

---

(1) Le rouge végétal se fait en teignant du coton avec les étamines du *carthamus tinctorius :* on lessive ce coton avec du carbonate de soude, et l'on obtient le rouge en précipitant par un acide végétal. Le rouge d'Ovide se fait avec du froment, de l'orge, de l'orobe, des œufs, de la corne de cerf, des oignons de narcisse, de la gomme et du miel.

Tous les autres fards rouges, blancs, noirs, bleus, qui ont pour base les métaux et les terres calcaires, agissent chimiquement. L'antimoine, le bismuth, l'étain, le plomb, le mercure, oxidés, préparés de diverses manières; la terre de Chio, celle de Samos, etc., toutes ces substances seules ou associées à d'autres, forment les fards les plus dangereux. Qui ne connaît les vertus délétères de ces métaux ? Ils sont presque tous de violens poisons. Appliqués sur la peau ils lui font perdre sa fraîcheur et sa délicatesse naturelle : elle se ride alors, se dessèche, et prend enfin un aspect blême qui serait hideux, si une nouvelle couche de rouge ne venait le dérober aux regards indiscrets. La racine d'orcanette, le bois du Brésil, celui de Santal, le *sceau de Salomon*, le *Carthamus tinctorius*, l'orseille, lichen rocella,

---

L'*Encyclopédie méthodique*, art. fard, fait mention d'une infinité de substances végétales ou minérales que l'on a fait entrer dans la composition des fards de toutes les espèces qui ont été employées depuis la plus haute antiquité jusqu'à nos jours.

l'ancusa tinctoria de L. la cochenille, etc.,
fournissent des principes dont on forme des
rouges moins énergiques que les précé-
dens, mais nuisibles par leur propriété
astringente et leur action mécanique.

L'application d'un fard métallique peut,
par l'absorption du métal, causer des accidens graves, tels que des tremblemens, des
céphalalgies, des convulsions, des palpitations, des syncopes, et même une altération lente de tout *le système.* Bacher, médecin de l'ancienne faculté de Paris, cite
dans son ouvrage sur les fards, des effets
terribles de leur usage. L'auteur du grand
ouvrage sur les affections cutanées (M. Ali-
bert), nous a dit avoir connu une Dame
qui a succombé à une hydropisie et à l'engorgement de presque tous les viscères abdominaux, pour s'être habituellement fait
peindre le cou, la gorge et quelquefois les
cuisses avec de la céruse. Pour relever l'é-
clat de ses charmes flétris, cette Dame
se faisait tracer des veines avec un fard
métallique bleu, et s'appliquait aux joues
une épaisse couche de rouge.... quoique

le vermillon (sulfure rouge de mercure)
soit très dangereux, il est cependant employé à cause de sa couleur vive. Nous avons
connu une actrice qui, pour en avoir fait
usage, a été affectée d'une salivation opi-
niâtre, et de violentes douleurs dans la bouche. Nous avons donné des soins à une Dame dont la fétidité de l'haleine, et la chute presque totale des dents, dépendaient
de la même cause.

Les fards devraient être abandonnés aux
courtisanes et aux histrions, qui sont forcés
de se donner une fraîcheur artificielle pour
plaire au public :

Ecoutons ce qu'ont dit Boileau et Labruyère des femmes qui se fardent.

« Si tu veux posséder ta Lucrèce à ton tour ,
» Attends , discret mari, que la belle en cornette
» Le soir ait étalé son teint sur la toilette,
» Et dans quatre mouchoirs , de sa beauté salis ,
» Envoie au blanchisseur ses roses et ses lis.
» Alors tu peux entrer . . . .

Boil., Sat. **X.**

» Si les femmes étaient telles naturel-
» lement qu'elles le deviennent par arti-
» fice, qu'elles perdissent en un moment

» toute la fraîcheur de leur teint, qu'elles
» eussent le visage aussi allumé et aussi
» plombé qu'elles se le font, par le rou-
« ge et par la peinture dont elles se far-
» dent, elles seraient inconsolables. »
(*Caractères de Labruyère*, t. 1. p. 153 de
l'édit. de 1750.)

Grâces aux progrès du bon goût, ces
déclamations contre les fards deviendront
bientôt inutiles. Les véritables élégantes,
celles qui se connaissent en fine coquetterie, qui ont lu et relu l'art d'aimer d'Ovide
et celui de Gentil Bernard, dédaignent
ces couleurs étrangères qui compromettent leur intéressante *simplicité*. Il n'y a
guère maintenant que les femmes d'un
mauvais ton qui en fassent usage. Mais,
ce qui fait le désespoir de ces jeunes ou
vieilles prêtresses de Vénus, qui se croient
obligées d'avoir recours à la palette de
l'imposture, c'est que,

« Cette pudeur *douce*, innocente, enfantine,
» Qui colore le front d'une rougeur divine, »

(La Henriade.)

est inimitable. Les ravages du temps, cet

insigne larron, pour parler le langage du bon Lafontaine, ne se réparent point (1); mais ils sont bien dignement remplacés par les aimables qualités du cœur, par une douce sensibilité qui ne vieillissent point, et qu'on aime à tout âge.

TATOUAGE.

On appelle ainsi certains procédés par lesquels divers peuples se peignent le corps d'une manière plus ou moins bizarre. Les Américains des Antilles, et des îles sous le vent, ont coutume de se teindre la peau en rouge avec une composition de *Rocou* et de résine fétide, dans la double intention de se parer et d'empêcher l'approche des insectes. Peut-être aussi pour obstruer en partie les pores cutanés afin de modérer l'abondance de la transpiration, trop exitée sous un ciel brûlant. De même les

---

(1)   Les fards ne peuvent faire
Que l'on échappe au temps, cet insigne larron!
    Les ruines d'une maison
Se peuvent réparer ; que n'est cet avantage
    Pour les ruines du visage !

                     La Fontaine.

Arabes, les femmes Syriennes s'appliquent du noir aux sourcils pour absorber une portion des rayons du Soleil dont l'éclat éblouissant fatiguerait la vue.

Sonnini (1) nous apprend que certaines femmes d'Egypte, se peignent les ongles des mains et des pieds, en rouge orange avec de l'orpin.

Les naturels de la nouvelle Hollande, les Indiens, et même quelques Européens, s'impriment aussi des couleurs ineffaçables, au moyen de substances qui altèrent le *tissu* de la peau et causent de violentes douleurs. La coquetterie n'est pas le seul motif de cette pratique. La Religion, le patriotisme, l'amour, l'amitié font à ces peuples, tracer des figures symboliques, analogues à leurs sentimens.

Tavernier rapporte qu'au Royaume de *Décan*, les femmes se gravent la peau avec des sucs de racines, de manière qu'elle paraît comme une étoffe à fleurs.

_____

(1) Voy. son *Voyage dans la Haute et Basse-Egypte*, tom. 1er., pag. 292.

Les habitans de l'île de *Sombrero* à 20 lieues nord de *Nicobar*, se teignent le visage en diverses couleurs.

Les Arabes, dit Buffon, d'après *Pietro della Vega*, se colorent en bleu foncé, les parties les plus apparentes du corps : « Ils mettent cette couleur par petits points, et la font pénétrer dans la chair avec une aiguille faite exprès : la marque est ineffaçable. » (*Hist. nat. de l'hom.*)

Les Européens qui ont la manie de se *tatouer*, commencent par se faire dessiner au crayon, sur la peau, les figures qu'ils veulent rendre indélébiles. Ils criblent ensuite d'aiguilles les traces du dessin : le sang ruisselle; on saupoudre les piqûres avec différentes substances minérales tels que le cinabre, le vermillon, le minium, la poudre à canon et autres, suivant la couleur que l'on veut obtenir. Ces substances se mêlent au sang, changent sa couleur; la circulation porte ainsi ce fluide dans les vaisseaux capillaires de la peau, sur les parois desquels il dépose la matière colorante, dont les propriétés visibles durent autant que la vie.

Nous avons connu deux amans qui avaient ainsi gravé sur leur région précordiale et leurs bras, les attributs de l'amour et de l'hymen, les sermens d'une éternelle amitié et d'une fidélité inviolables. Nous ignorons si leurs sentimens mutuels sont encore tels que les caractères les représentent ; mais nous savons, d'après l'aveu d'un de ces amans, que leur tatouage n'a pas été sans danger. Les hopitaux civils et militaires nous ont souvent fourni l'occasion de voir des individus des deux sexes avec de pareilles bigarrures à la poitrine, aux bras et aux cuisses.

Il serait inutile d'insister sur les accidens qui peuvent résulter de ce bariolage douloureux. L'inflammation locale, la fièvre, l'absorption de la substance employée, doivent faire craindre des suites d'autant plus fâcheuses que la susceptibilité du sujet est plus grande.

Nous avons, dans ces deux paragraphes,

4

fait mention des substances et des méthodes employées pour se donner des couleurs artificielles : il ne faut pas les terminer sans faire connaître qu'il est des femmes
qui loin de vouloir se mettre du rouge,
cherchent les moyens d'effacer celui que
leur a prodigué la nature. L'anecdote sui-
vante montrera l'absurde et ridicule coquetterie de ce genre.

Une Dame du bon ton, jouissant d'une
santé robuste, trouvant que le rouge in-
carnat de ses joues, lui donnait un air
commun, alla consulter un professeur de
la faculté de médecine de Paris, sur les
moyens de diminuer l'intensité de cette
couleur importune. Le célèbre Médecin,
étonné, mais pressé de répondre, lui conseilla de ne point sortir de la chambre et
uti concubitu. La prescription, facile à
observer, fut sans doute suivie de succès,
mais aux dépens de *l'exubérance vitale*
dont se plaignait la consultante.

BAINS.

Les bains sont d'une utilité générale. Bien ordonnés, ils ont le double avantage d'entretenir la santé et de procurer à la peau la beauté qu'elle est susceptible d'acquérir. Les médecins s'accordent tous sur leur utilité dans une foule de maladies. Dans l'état sain, ils assouplissent le corps, procurent le délassement, favorisent la transpiration, en débarassant l'enveloppe commune d'une huile animale exhalée à sa surface et dont l'accumulation boucherait ses pores ; enfin, ils donnent à la peau, du poli, de la finesse et de la blancheur. On sait le grand usage qu'en faisoient les Grecs et les Romains, et le prix qu'ils y attachaient. Ce n'est pas sans raison que les Orientaux en font leurs délices ; le politique Mahomet les a ordonnés pour purifier l'âme. Les belles Géorgiennes sont redevables de leur peau de lis et de leur teint de rose, à de fréquentes ablutions dans une eau limpide.

4.

Les Bains, auxquels on pourrait au besoin, associer des substances émolientes et aromatiques, devraient être les seuls cosmétiques en usage et les seuls dignes de ce nom, puisque cosmétique, en grec κόσμος, signifie embellissement, et que presque toutes les autres méthodes enlaidissent, en altérant directement ou indirectement la santé.

Il est important de savoir que l'abus des Bains peut être aussi nuisible que leur bon emploi est salutaire. On doit, pour le nombre comme pour la température, avoir égard aux climats, aux saisons et aux individus. Le Français ne doit pas se baigner aussi souvent que l'Egyptien, que le Chinois, etc., le Hollandais encore moins. L'été est la saison où la peau a le plus besoin d'être humectée ; une personne *lymphatique* ferait fort mal de prendre autant de bains qu'une autre qui serait d'un tempérament sanguin, nerveux ou bilieux. La température ordinaire du Bain doit varier suivant les circonstances. Trop chaud, il resserre les pores de la peau, la racornit, empêche la transpiration et peut produire des inflammations, des éruptions *cutanées*, des congestions sanguines, etc. Froid, il supprime aussi la transpiration, concentre les forces et occasionne des réactions vitales souvent funestes.

Les conditions du Bain bien observées, on doit être réservé sur sa fréquence. Pris trop souvent, il favorise les pertes de l'individu, l'affaiblit et le jette dans une susceptibilité nerveuse extrême. On peut, il est vrai, réparer jusqu'à un certain point les pertes qui se font par la transpiration insensible, en se comportant à la manière des Egyptiennes qui prennent dans le Bain des alimens les plus succulens ; mais ce moyen réparateur ne manifeste ses bons effets que pour peu de temps : les forces de l'estomac s'épuisent, les digestions languissent, peu de principes nutritifs sont absorbés, et l'*économie* marche à grands pas vers le dépérissement.... Titus avait une fort mauvaise santé, parce qu'il se bai-

gnait et s'étuvait tous les jours avant de se
mettre à table.

« Vitruve l'architecte, a fait l'histoire dé-
taillée des Bains publics à Rome. Ils étaient
composés de sept pièces que l'on traversait
successivement, et dans lesquelles on sé-
journait plus ou moins pour s'étuver, se
laver ou se sécher; faire des frictions, et
s'exposer aux vapeurs aromatiques des
plus suaves parfums du levant. De tels exercices ne pouvaient qu'entretenir la mollesse
de ces luxurieux Romains, et par consé-
quent les disposer aux infirmités, loin de
leur donner une souplesse et une fraîcheur
favorables à la santé. Les Bains des Egyptiens et des Turcs, qui ont servi de modèle
à ceux des Grecs et des Romains, conservent encore tout l'appareil du faste et de
la volupté asiatiques, jadis tant recherchés
dans Rome.

Nos Bains n'ont rien de semblable à ceux
des anciens : ils sont en général mal cons-
truits, incommodes et souvent d'une mal-
propreté dégoutante, cachée sous le mas-

que du luxe. La distribution des apparte-
ments est mesquine ; la plupart des pièces
sont trop petites ; il en manque plusieurs
qui seraient d'une grande utilité pour prévenir le changement subit de température
que l'on éprouve en sortant du bain. Pour
obvier aux accidens qui pourraient en résulter, on est obligé de rester quelque
temps dans l'étroit cabinet qui contient la
baignoire ; on y puise un air vicié par la
respiration, ou par les exhalaisons délétères
qui s'élèvent de la surface du corps avec
une partie de l'eau réduite en vapeurs. De
ce cabinet qui est encore chaud, on passe
presqu'immédiatement en plein air.

Les procédés au moyen desquels on des-
sert les bains en France, ne sont point
assez ingénieux. Les machines mécaniques
et hydrauliques sont trop compliquées et
deviennent presqu'aussi dispendieuses que
la main-d'œuvre, ce qui prive les personnes
peu fortunées de jouir des bienfaits du
Bain domestique.

Les Bains Turcs et les Bains Chinois à

Paris, qui n'ont que le nom de commun avec ceux de ces peuples, ne font pas exception aux généralités que nous venons d'émettre sur les Bains de France : seulement, ils sont du nombre de ceux qui offrent le moins d'inconvéniens.

En général, les Français n'usent pas assez du Bain ; ils y mettent trop peu d'importance, surtout dans les campagnes, où ils sont entièrement négligés : il y a même plusieurs villes considérables qui en manquent ; pendant que les petites maîtresses des grandes cités, non contentes des Bains ordinaires qui sont à leur disposition, se plongent fréquemment dans des liquides oléagineux, graisseux, tels que le bouillon *d'intestins*, de pieds de veau et d'autres substances animales, dont il reste toujours de petites parcelles à la surface de la peau, quelque soin que l'on prenne de les enlever. Leur putréfaction ne tarde pas à avoir lieu ; il se manifeste alors une odeur fétide ; les parfums deviennent nécessaires, et la santé même est compromise par les moyens que l'on a vainement employés pour augmenter la finesse de la peau. Il nous a été communiqué une demande en divorce, dans laquelle le mari se plaignait de ce que sa femme prenait souvent des bains avec des substances animales, dans l'intention d'augmenter la beauté de sa peau et de plaire à d'autres qu'à son époux, puisqu'elle les prenait à son insçu, et qu'il n'en était averti que par la mauvaise odeur qu'elle répandait.

Il existe à Paris plusieurs Laïs, à qui des mœurs dépravées font commettre des actions tout-à-fait immorales. Elles emploient de grandes quantités de lait pour se baigner; et lorsque ce liquide est chargé de leurs impuretés, elles le vendent ou le donnent à des domestiques, qu'un intérêt sordide portent à débiter au détriment de la santé de ceux qui ont le malheur d'en user. Il faut avoir observé les mœurs parisiennes pour croire à une pareille corruption. Si nous nous permettons d'en parler, c'est plutôt pour exciter la vigilance de la police, que pour faire honte à ces femmes perverses qui ne rougissent de rien.

Ce que nous venons de dire des Bains, doit suffire pour démontrer leurs effets salutaires, lorsqu'ils sont bien ordonnées ; et pour en conclure que leur mauvaise administration et leur excès peuvent déterminer des accidens graves, troubler les fonctions vitales et causer cette grande susceptibilité, sœur de la mollesse, source d'une foule de maladies nerveuses.

Puisque les Bains mal administrés peuvent être dangereux, puisqu'il faut en déterminer le nombre et la température suivant les climats, les saisons et les individus, il est prudent de consulter un médecin sur la manière d'en user.

FRICTIONS ET ONCTIONS.

Après le bain, il est utile de se frictionner légèrement ; cela donne du ton et de l'énergie au *système cutané*. Un exercice modéré qui suivrait immédiatement cette opération contribuerait à développer la force

et la vigueur nécessaire pour rétablir l'é-
quilibre et maintenir l'intégrité des fonctions que le bain tendait à ralentir (1).

Quoique les onctions ne soient point
usitées en France, nous croyons devoir en
parler. Elles ont la propriété d'assouplir
la peau, et l'avantage direct de modérer
la transpiration. Les Athlètes s'oignaient
avec des corps gras pour faciliter leurs mouvemens et conserver toute leur vigueur,
afin de triompher à la lutte. Les parfums
d'Assyrie, incorporés dans des substances
grasses ou huileuses, servaient à oindre les
Dames romaines qui avaient, comme on
sait, plusieurs esclaves pour ce genre de
service : les uns étaient chargés de les es-

-----

(1) Assez d'auteurs ont parlé des nombreux
avantages des frictions et de l'exercice, pour que nous
nous dispensions d'entrer dans des détails à cet
égard. Le livre d'*Ætius* contient sur ce sujet un
article fort intéressant (*de Frictione, de exercitationibus,
Ætius*, p. 157); l'art. Hygiène de l'*Encyclopédie méthodique*, en traite avec toute l'érudition et la véritable éloquence de son auteur.

suyer avec des linges les plus fins, les autres de passer la pierre-ponce ; d'autres de
faire couler le doux parfum sur leur peau
de lis ; d'autres enfin avaient l'emploi pri-
vilégié de voiler à demi les charmes de ces
Dames qui, pour la plupart, allaient ainsi
chez un *Lucullus* chercher une indigestion
pour venir ensuite la dissiper dans le bain.

Les Cafres, les Hottentots, pratiquent
sur eux le dégoûtant *tatouage* (1) pour empêcher le dessèchement de leur peau, et
modérer aussi la transpiration.

D'après leurs propriétés, les onctions
seraient donc inutiles et même nuisibles
dans nos climats ; surtout lorsqu'il est dangereux de diminuer la transpiration *cutanée.* Les corps gras qui les composent peuvent d'ailleurs par leur séjour sur la peau,
s'oxigéner (se rancir), irriter cette enveloppe, et produire des *exanthèmes*
(toute sorte d'éruption à la peau.) L'emploi mal ordonné des pommades sim-

_____

(1) On appelle aussi *tatouage*, les onctions puantes
que se font ces peuples.

ples expose à ces inconvéniens. Celles dans lesquelles entrent des oxides métalliques, tels que le blanc de fard, la céruse, etc., et dont on fait souvent usage pour blanchir la peau, doivent être considérées, pour leur manière d'agir, d'après les propriétés des substances dangereuses qui leur donnent ces vertus.

OBÉSITÉ.

La beauté idéale, comme nous l'avons dit dans le discours préliminaire, varie suivant les goûts et les circonstances ; ainsi l'obésité, l'embonpoint ordinaire, la maigreur reçoivent tour-à-tour les hommages des prétendus amateurs de la belle nature. Les habitans des pays chauds, qui sont en général, faibles et grêles, et dont la maigreur contraste avec la corpulence presque colossale des Septentrionaux (1), ces habi-

_____

(1) De la zone tempérée seulement ; car, au delà de cette portion du globe, c'est-à-dire, la zone glaciale, les hommes sont très-petits. Le trop grand froid est débilitant : il réprime les propriétés vitales.

tans du Sud, et plus encore les Orientaux, sont enthousiastes d'un embonpoint
excessif, par la seule raison que cet état
leur est extraordinaire. Une taille svelte,
des formes délicates et minces, réveillent
les passions des peuples qu'une constitution opposée dispose à l'indolence. On sait
que les Egyptiens trouvent des graces dans
l'accumulation de la *matière adipeuse*.
Celle de leurs femmes qui représente une
masse énorme, est considérée comme un
modèle de beauté. Cette disposition cor-
porelle est un des caractères distinctifs des
statues égyptiennes. Elle n'est pas naturelle au pays : Son développement est
dû à des moyens artificiels (1). En géné-

---

contre lesquelles il exerce une lutte continuelle,
empêche le développement des organes, et rend,
pour ainsi dire, imparfaits les êtres qu'il tient sous
son influence. Les Lapons nous en offrent un
exemple.

(1) On peut, à cet égard, consulter *Prosper Alpin*
(*medic. Ægyptior.*); il traite de tous les moyens
que les égyptiennes employent pour s'engraisser.

ral, les Français et plusieurs autres peuples d'Europe, n'ont pas cette manie de vouloir changer leurs formes nationales : elles sont, à la vérité, les plus belles, celles où les proportions sont le mieux observées, et qui se rapprochent le plus du degré de perfection. Il est néanmoins des individus parmi nous qui ont de singuliers caprices pour des femmes très-grasses, et d'autres pour celles d'une grande maigreur. Quelques observateurs, tels que Bernardin de St.-Pierre, ont cru qu'il existait une espèce de sympathie entre les individus d'une constitution opposée : que, par exemple, les personnes maigres avaient une inclination innée pour celles qui sont d'une disposition contraire; qu'un brun préférait une blonde, et réciproquement. Si cette remarque est généralement vraie, il existe un grand nombre d'exceptions. Quelle bizarrerie dans les goût divers des peuples! Quel *conflit* d'opinions sur la véritable nature des choses ! L'homme, fier de ce qu'il possède, veut encore jouir de ce qu'il n'a pas !

L'excès du bain , l'usage des alimens exquis, de facile digestion et abondans en
sucs nutritifs, le repos et le sommeil trop
prolongés , le calme des passions, la gaîté,
le défaut de contention d'esprit , de fréquentes et habituelles saignées , etc. , sont
les principales causes qui facilitent la formation de la graisse , dont l'accumulation
progressive *enveloppe* les graces et l'esprit ;
ce qui fait en France le désespoir de la coquetterie.

Il est des individus tellement disposés
par leur nature à acquérir de l'embonpoint.
qu'on ne saurait l'empêcher sans encourir
de grands dangers. C'est parmi les personnes
d'un tempérament *lymphatico-sanguin* que
se rencontrent celles qui sont extrêmement grasses. L'histoire fait mention d'une
femme qui pèsait six cents livres ; le cabinet
de l'Ecole de Médecine de Paris possède un
modèle de femme, dont les dimensions sont
extraordinairement grandes. Cette disposition du corps est beaucoup plus rare parmi
les hommes : chez eux le *système muscu-*

laire prédomine, et c'est son développement excessif qui donne à plusieurs la forme et la force d'Hercule. Il est cependant certains gastronomes chez qui les saillies des muscles sont entièrement effacées, et qui n'offrent plus qu'une masse informe, se traînant avec lenteur du lit à la table, et de la table au lit, tel ce prélat, l'un des *illustres* personnages du lutrin de Boileau :

» Dans le réduit obscure d'une alcove enfoncée
» S'élève un lit de plume à grands frais amassée!
» Quatre rideaux pompeux, par un double contour,
» En défendent l'entrée à la clarté du jour.
» Là, parmi les douceurs d'un tranquille silence,
» Règne sur le duvet une heureuse indolence :
» C'est là que le prélat, muni d'un déjeûner,
» Dormant d'un léger somme, attendait le dîner;
» La jeunesse en sa fleur brille sur son visage:
» Son menton sur son sein descend à double étage;
» Et son corps, ramassé dans sa courte grosseur,
» Fait gémir les coussins sous sa molle épaisseur. »

Les personnes fort grasses sont ordinairement indolentes, peu spirituelles, amies de la joie et de la bonne chaire. Chez elles la surabondance des humeurs rend la fibre molle, opprime ses propriétés vitales, et facilite son altération.

Les moyens de prévenir l'excès d'embonpoint accidentel sont difficiles à mettre en pratique pour ceux qui sacrifient le présent à l'avenir. Il s'agit de faire l'inverse de ce qui peut l'occasionner : se baigner modérément, mettre de la sobriété, de la frugalité dans ses repas, prendre de l'exercice, ne pas trop prolonger le sommeil, occuper son esprit, donner essor à ses facultés intellectuelles, fuir surtout l'attrait du lit et du sopha, perfides reposoirs de la molle indolence.

Dès que la *pléthore* graisseuse existe, il est souvent impossible de la dissiper sans qu'il en résulte des accidents. Lorsqu'on veut tenter cette cure, l'on conseille aussi des aliments peu nutritifs, acides et épicés; celui du café à l'eau, des limonades; beaucoup d'exercice, et très peu de sommeil. L'emploi de ces remèdes exige une grande circonspection : leur mauvaise administration peut jetter dans un excès contraire. La

maigreur extrême peut remplacer cet embonpoint, auparavant incommode mais
fleuri; et l'apparence d'un excès de santé
n'offrir plus que l'aspect d'un squelette
ambulant.

Ici, comme dans les cas analogues, il est
donc indispensable de connaître l'état des
propriétés vitales de la personne qui veut
se faire maigrir; de savoir quelles sont ses
inclinations, ses goûts, ses passions, son
genre de vie, afin d'opérer d'une manière rationnelle et peu sensible, de ne
jamais procurer de mutations subites, et
de cesser l'administration des moyens qui
n'agiraient qu'au détriment médiat ou im-
médiat de la santé.

Sans que les autres parties du corps y
participent, *la gorge* peut devenir très vo-
lumineuse, molle et difforme. C'est souvent à la suite de la première grossesse
qu'arrive cette *surabondance d'appas*. Divers remèdes ont été employés pour la
combattre. Les topiques astringents, aromatiques, excitans; le sel ammoniac, ce-

lui de cuisine; les bandages de corps, sous le nom de corsets, de tours de gorge, de ceinture de Vénus, ont été mis en usage pour ramener les seins aux dimensions et à la fermeté qu'ils ont perdues; mais loin de fournir des résultats satisfaisans, ces infidèles moyens ont constamment trompé la coquetterie.

Nous avons vu à l'Hotel-Dieu de Paris, une femme chez qui des pratiques de ce genre arrêtèrent la sécrétion du lait et déterminèrent l'engorgement du sein.

Il a été confié à nos soins une Dame attaquée de cancer au même organe, occasionné par une forte et habituelle compression.

» Il est, dit M. Capuron, des femmes qui compriment leurs seins, et y appliquent même des toniques astringens, pour empêcher le lait de s'y porter, et d'en altérer la forme ou la beauté. C'est à l'accoucheur de tonner contre de tels abus, et d'en faire sentir les dangereux inconvéniens. » (*Cours d'accouchemens*, p. 366.)

Après l'accouchement, *l'abdomen* peut acquérir un volume incommode et désavantageux à la beauté de la taille. On empêche ce développement par une légère compression, graduellement augmentée. S'il s'agit de donner du ton à la peau et aux muscles relâchés par la délivrance du produit de la conception, on emploie avec succès, les applications aromatiques et astringentes. Si la graisse s'est accumulée en trop grande quantité dans ces parties, on peut, sans crainte, essayer de la résoudre par le contact permanent du sel ammoniac ou de cuisine, incorporé dans un emplâtre de diachylon. Mais il faut bien se garder d'exercer sur le ventre de la nouvelle accouchée une trop forte pression au moyen du bandage dont nous venons de parler; il pourrait en résulter, selon l'accoucheur précité, la suppression des lochies, l'inflammation des viscères abdominaux, l'appoplexie etc.

Les buscs, les corsets et autres machines

semblables, qui sont quelquefois appliqués sur la poitrine et sur *l'abdomen* dans l'intention de les réprimer, gênent la circulation, empêchent le libre exercice des viscères, et peuvent devenir la cause éloignée de maladies graves.

MAIGREUR.

Elle peut être déterminée par une foule de causes physiques ou morales. L'habitation des climats très-chauds, les professions pénibles, l'abus des liqueurs spiritueuses, l'usage des alimens trop épicés, de difficile digestion ou peu nutritifs, l'excès des plaisirs; des altérations accidentelles ou innées des organes nécessaires au libre et entier exercice de la vie, ne sont pas les seules causes qui puissent faire maigrir : l'ambition, l'envie, la jalousie, la haine, un amour excessif, la morosité, une langueur léthargique, la mélancolie habituelle, et généralement toutes les passions tristes sont débilitantes et oppressives. La digestion, dont le produit est le principe de toutes les fonctions animales, s'exécute avec peine, l'estomac est languissant, ses facultés digestives deviennent insuffisantes pour extraire la quantité de matière nutritive indispensable au maintien de la santé : les progrès de dépérissement sont rapides; la fraîcheur s'évanouit, l'embonpoint disparaît, la peau se déssèche et se ride; les formes gracieuses, les contours agréables, font place aux cavités et aux saillies des vieillards; et, si la maigreur continue ses ravages, le teint devient blême et terreux, le visage s'alonge, l'œil s'enfonce dans son orbite, le nez s'effile, les oreilles s'applatissent, les tempes se cavent, les pommettes font saillie, les joues se creusent, les dents semblent sortir de leurs alvéoles, la bouche s'agrandit, le menton se dessèche, le corps entier s'exténue.

Quel hideux portrait que celui de la maigreur portée à ce dégré d'étisie ! que de regrets se reportent vers le passé ! quelles tristes réflexions sur le présent : il laisse apercevoir l'affreuse perspective d'une fin misérable.

Pour combattre les effets de la maigreur qui dépend de la manière de vivre, ou d'une affection morale, on peut user fréquemment du bain, se faire des frictions, des onctions, dormir beaucoup, prendre une nourriture succulante, facile à digérer, peu épicée, et souvent végétale (1); le lait, (quand il se digère

---

(1) Ce n'est pas que nous prétendions que les végétaux - alimens fournissent plus de parties nutritives que les animaux : il est reconnu, qu'à égal volume, ils en contiennent beaucoup moins. Mais étant composés d'élémens moins irritans, il en résulte moins d'excitation, et une espèce d'engorgement atonique dans les dernières ramifications des vaisseaux capillaires destinés à recevoir le produit de la nutrition. Les passions violentes et promptes des gens maigres, et le phlegme de ceux qui sont dans un état d'obésité, viennent à l'appui de cette assertion. Il en est de même chez les animaux : les herbivores et les frugivores, sont toujours plus gros et plus gras, et ont des mœurs moins féroces que les carnivores.

bien) les œufs frais à la mouillette, les consommés faits avec des viandes d'animaux adultes ; les boissons nutritives, peu alcoholisées, tels que le cidre pommé, la bierre, etc. conviennent parfaitement. Mais ce régime sera peu fructueux, si on laisse subsister l'affection morale qui détériore la santé.

O vous, jeunes beautés qui mettez quelque prix à la conservation de votre fraîcheur enchanteresse, loin de vous les noirs soucis ; que l'innocente gaîté suive partout vos pas ; riez et folâtrez : le printems de la vie est l'âge d'or.

COSMÉTIQUES PARTICULIERS A DIVERSES PARTIES DU CORPS.

COSMÉTIQUES POUR LES CHEVEUX.

La disposition des cheveux et de la barbe, considérée chez les peuples anciens et modernes, donnerait lieu à d'intéressantes réflexions sur la cause de l'instabilité de tout ce qui peut être modifié par les hommes. les Sauvages s'arrachent la

5

barbe, plusieurs castes d'Éthiopiens tracent en se rasant la tête, diverses figures de fantaisie ; les Turcs se rasent les cheveux, et laissent croître leur barbe comme les anciens Grecs et Romains. En Europe, tantôt on coupe en totalité ou en partie les cheveux et la barbe ; tantôt on rase entièrement l'une, et on laisse pousser les autres ; enfin on frise, on natte, on poudre, on huile, on dispose de mille manières les cheveux, suivant les goûts, les caprices, les temps et les lieux.

Quelques remarques physiologiques sur le système pileux vont précéder ce que nous avons à dire à son égard.

La quantité, la grosseur et la couleur des cheveux correspondent à la constitution de l'individu et au climat qu'il habite.

Les peuplades des zones glaciales, les septentrionaux de race *Gothique ou Scandinave,* sont couverts de poils ; leur corps est pour ainsi dire velu comme celui d'un ours : la nature, toujours conséquente dans ses opérations, leur a prodigué cette espèce de fourure contre la rigueur des frimas. Les animaux, les végétaux même de ces contrées sont caractérisés par des attributs analogues. Les habitans de la zone torride, la plupart de ceux des pays tempérés, nègres, mulâtres ou blancs, sont beaucoup moins poilus. Leurs cheveux sont ordinairement courts, gros, colorés et plus consistans que ceux des peuples que nous venons de citer. La plupart des naturels de l'Amérique, les Caraïbes surtout sont absolument imberbes. Les Russes, les Norvégiens et même les Allemands, nous offrent des exemples de cheveux d'une finesse soyeuse et d'une longueur qui étonnerait l'habitant du midi; au lieu que la tête crépue de l'Éthiopien ne produit qu'une végétation de quelques pouces.

En général les gens forts, d'un tempérament sanguin, ont des cheveux en grande quantité, bien nourris et d'un beau noir. Les mélancoliques, les bilieux, les nerveux

5.

les ont aussi presque toujours noirs, plus ou moins foncés, variables quant à la grosseur et à la quantité. Les flegmatiques les ont blonds ou châtains, plus fins et plus nombreux.

Les charlatans proposent mille moyens pour augmenter le nombre des cheveux, et pour en faire croître aux endroits où il n'en existera jamais. Mais leur graisse d'ours, leurs pommades de toutes les espèces, leurs huiles et essences mystérieuses, toute leur parfumerie enfin, ne peut en imposer qu'à ceux qui ignorent que les cheveux et les poils ne sauraient naître sans germe préexistant. Les moyens les plus simples, les plus sûrs, les moins couteux que l'on puisse raisonnablement proposer, non pas pour augmenter le nombre des cheveux ou des poils, mais pour leur développement en grosseur et en longueur, et leur conservation, consistent à les couper fréquemment, les peigner, les brosser tous les jours, et à les entretenir dans un état de moiteur favorable

à leur végétation, en ayant soin, sur-
tout en été, de se laver souvent le cuir
chevelu avec les infusions de plantes aromatiques et émollientes (1). On emploie
avec avantage une petite quantité d'huile
antique ou d'amendes douces agréablement aromatisée. Les cheveux *gras*, doivent être lavés à l'eau simple, mais ceux
qui sont secs et cassans réclament l'emploi journalier d'un peu de pommade ou
de quelques gouttes des huiles ci-dessus.
Que de chevaliers de Mars ou de la *fatuité*,
sont redevables de leurs *imposants favoris*,
de leurs *terribles moustaches*, au soin qu'ils
ont pris de se raser fréquemment une végétation soyeuse qui n'eût jamais acquis de
consistance sans l'heureux office de la *faux
du menton*! la coupe des poils et des che-

----

(1) A la page 472 du *Journal de Pharmacie*, 1815,
M. Virey rapporte, d'après *l'évéque Jean Ernest
Gunner*, que les Norvégiens augmentent la longueur excessive de leurs cheveux par l'usage de
lotions sur la tête, d'une décoction de *rhodiola
rosea*. Cette plante est mucilagineuse, légèrement
astringente, et d'une odeur de rose fort agréable.

veux, fortifie leur bulbe et les fait grossir à l'instar des végétaux.

L'état maladif de la tête peut causer ce qu'on appelle la *calvitie* ou *la pélade* (1); il n'est pas de notre objet de parler des maladies, des excès et des affections morales qui portent leur influence jusque dans la racine des cheveux pour les détruire ou les blanchir; nous ferons remarquer seulement, que les hommes doués d'une imagination ardente, d'un génie profond; ceux qui sont dominés par des passions violentes et durables; ceux qui font de trop fréquens voyages à Cythère, de trop fréquentes libations à Bacchus, sont décorés *de la tonsure d'Atropos* (*la pélade*) avant l'époque ordinaire, et paraissent vénérables quand ils devraient encore offrir les attributs de la jeunesse. C'est en vain alors qu'on tenterait de réparer cet outrage : ni la pommade *régénératrice* de M. *Bès*, ni toutes

---

(1) Les habitans de l'île de *Mycone* portent en naissant une maladie qui leur fait tomber les cheveux et les rend chauves pour toujours.

Description de l'Archipel par Dapper, pag. 354.

les huiles et essences de madame *Irlan-le-Maire*, au Palais-Royal, ne sauraient faire renaître des cheveux dont les bulbes sont frappées de mort.

Deux sécrétions se font à la tête ; l'une est opérée par les vaisseaux *exhalans* du cuir chevelu, l'autre par les cheveux, dont la partie centrale, de nature spongieuse, fournit au-dehors une huile particulière chargée de *phosphate de chaux* (1). La rétention de ces humeurs, peut donner lieu à des accidens graves comme le prouvent les exemples qu'en rapporte M. le Professeur *Richerand*, (1er. volume de sa physiologie). L'application sur la tête d'une substance même inerte, ainsi que l'impression subite d'un grand froid, peuvent suspendre ces deux sécrétions. Il est facile de prévenir la cause qui vient du froid : la raison devrait l'emporter sur la mode. Quand on a peu de cheveux, on ne devrait jamais aller nu - tête. La chevelure doit être suffisamment épaisse pour servir de

_____

(1) Voy. l'*Analyse des Cheveux* par M. Vauquelin.

coîffure et pour être disposée au gré du ca-price, en empêchant l'impression du froid. L'usage des poudres et des pommades bou-chent les pores et arrêtent la transpiration, si l'on n'a pas soin de les enlever avant qu'elles n'aient formé une espèce de crou-te. Combien de fois sans qu'on ait pu en deviner la cause, la répercussion des sé-crétions qui se font à la tête, n'a-t-elle pas été suivie de *céphalalgies* intenses et de migraines opiniâtres!

Les cheveux, susceptibles d'arangements si variés, et sur lesquels, du tems de Louis XIV, s'est épuisé l'art *libéral* du coîffeur des Dames; ces ornemens naturels, sont d'autant plus avantageux aux femmes, qu'une belle chevelure arrangée avec grace, annonce le bon goût de celle qui la possède; aussi, nos jeunes élégantes y emploient tout leur art. On doit leur savoir gré d'une ingénieuse et agréable disposition; mais nous devons les avertir, qu'elles s'expo-seraient à des dangers, en faisant usage des moyens que leur offre le charlatanisme, pour changer la couleur naturelle de leurs cheveux.

Après la conquête des Gaules et de la Germanie, les Romaines voulurent avoir les cheveux blonds ou dorés comme les peuples de ces pays. Elles inventèrent, ou plutôt des charlatans inventèrent pour elles plusieurs pommades et essences propres à obtenir cette couleur. Le savon le plus accrédité pour blondir leurs cheveux, était si corrosif, que son application ailleurs qu'à la tête pouvait déterminer une enflure très-considérable (1). On importa à Rome les plus belles chevelures des paysannes des bords du Rhin, pour en affubler les élégantes qui redoutaient l'usage de ce savon.

De nos jours les moyens que l'on emploie pour teindre les cheveux sont également nuisibles; tels sont, l'eau dite d'Egypte, résultant de la dissolution de la pierre infernal (*nitrate d'argent fondu*) dans une eau aromatique; un composé dans le-

---

(1) *Vide Martial*, lib. XIV, épigr. 26.

quel entre l'arsenic et la chaux ; un autre qui contient de l'acide sulfurique ; de l'extrait de saturne (l'acétate de plomb) ; la litharge mêlée au carbonnate de chaux, à la noix de galle, au brou de noix, à la jusquiame, à la morelle. Ces substances sont trop connues pour que nous insistions sur leur manière d'agir ; nous ferons seulement observer, que les cheveux ne peuvent perdre leur couleur naturelle qu'en s'altérant, et que cette altération, s'étendant au *cuir chevelu* par le contact de la matière appliquée, et même par sympathie, peut donner lieu à des douleurs atroces, à des gonflemens énormes, même à la mort.

M. Virey (Journal de pharmacie, 1815, pag. 472), en rapportant le procédé que les Siciliennes emploient pour rendre leurs cheveux châtains ou blonds, semble l'approuver en indiquant, pour correctif de la lessive de cendre, l'application d'une pommade ou de tout autre corps gras, « pour défendre, dit-il, la peau de la tête de l'impression de l'alcali et pour donner du liant aux cheveux ». Quoique l'assentiment de ce naturaliste-médecin soit bien capable de faire autorité, qu'il nous permette de lui opposer ce passage du célèbre Bichat : « Peu de temps après s'être fait peindre en noir les cheveux, usage plus commun en France que pendant le temps où on les poudrait, on éprouve souvent des douleurs de tête, un gonflement du cuir chevelu, quoique la peau n'ait été nullement intéressée, qu'il n'y ait eu aucun tiraillement, et que le cheveu seul ait été affecté » (*anatomie générale, tom.* 4. *pag.* 817). Si, comme le pense Bichat et la plupart des physiologistes, il suffit que les cheveux soient altérés pour qu'il s'ensuive des accidens, il est évident que la lessive de cendre de sarment, dont se servent les Siciliennes, ne pourra changer la couleur de leurs cheveux qu'en compromettant leur santé, et si le corps gras que M. Virey conseille, neutralise l'alcali contenu dans la lessive de cendre, l'action altérante n'aura pas lieu, et la propriété du moyen sera réduite à zéro.

Toutes les substances moins dangereuses que l'on a conseillées pour colorer les cheveux, tels que les noirs de fumée d'encens, de liège etc., ne donnent qu'une couleur momentanée, et peuvent aussi être nuisibles par leur propriété astringente, ou leur action mécanique.

On a aussi voulu effacer le cachet que le tems imprime toujours trop tôt sur quelques têtes, mais des accidens graves ont suivi de près l'emploi des moyens, et ont vengé la nature outragée.

L'usage d'un peigne en métal dur pour fixer les cheveux, n'est pas sans danger. Dans une chute que fit une Dame de Lyon, elle s'enfonça une des branches d'un peigne de cuivre doré entre les tégumens et les os du crâne. L'épouse d'un de mes confrères de Paris, a succombé à un pareil accident.

Les faux toupets, les chignons postiches, les tours de cheveux, n'ont d'autre inconvénient que celui de servir le caprice et la coquetterie : toutefois, lorsque les moyens de maintenir ces cheveux ne causent aucune pression douloureuse.

L'histoire des perruques et l'art de les fixer ne doivent pas trouver place ici. (1).

MOYENS ÉPILATOIRES.

Des acides, des oxides minéraux, l'orpiment sur-tout ; des huiles essentielles ont été employées pour faire tomber et détruire jusques dans leurs racines les poils, qui ombrageaient des parties du corps qui doivent naturellement en être dépourvues. La poitrine et le menton des femmes offrent quelques fois cette particularité. Nous avons vu à Metz une religieuse qui avait de la barbe comme un capucin. Il n'est pas

---

(1) Voy. Jac. Revius, *Libertas Christiana circa usum capillitii defensa*, 1647, *in-12*.

(A cette époque on excommuniait ceux qui s'avisaient de porter perruque dans les églises.)

Traité sur l'origine, la forme et l'usage des perruques, par Thiers, curé de Champron, 1690; Deguerle, *Éloge des Perruques*, 1799 ; et quelques autres traités modernes.

rare de rencontrer des femmes qui soient obligées de se raser ; d'autres plus coquettes, se trouvant outragées de cette mâle végétation s'efforcent de l'arracher avec des pinces faites exprès ; il en résulte une très-vive douleur ; et, au lieu de céder entièrement à l'extraction, le poil se rompt ; son bulbe reste dans l'épaisseur de la peau pour repousser encore et nécessiter un nouvel arrachement aussi infructueux que le premier. L'habitude de s'épiler ainsi, peut causer l'inflammation de la peau et autres maladies locales. Les croutes, les polypes carcinomateux du nez, peuvent être déterminés par l'extraction brusque des poils de cette partie.

Toute application corrosive ou simplement irritante est dangereuse. Les poils ne pouvant être arrachés pour toujours que par une altération de la peau qui permette l'entière extraction de leurs racines, ou par toute autre lésion vitale, il est évident que les pommades, les onguents, les eaux épilatoires seront de nature nuisible.

COSMÉTIQUES POUR LES OREILLES.

La beauté de ces organes est, comme les autres parties du corps, dépendante de leurs proportions relatives. En général, leur forme fixe peu nos regards ; néanmoins les connaisseurs, ou ceux qui croyent l'être, prétendent que de petites oreilles bien *taillées* méritent la préférence, et que celles d'une grandeur disproportionnée font penser au *Roi Midas.*

L'habitude qu'ont les mères de faire porter à leurs enfans des coiffures trop serrées applatit le pavillon de l'oreille, lui fait perdre de sa concavité et de son élasticité, propriétés qui servent à réfléchir les sons. Si, comme cela doit être, la beauté d'une partie coïncide avec son utilité, les oreilles qui présentent cette disposition accidentelle et vicieuse doivent être moins belles, que celles qui n'ont point été ainsi déformées.

Quelques peuples de l'Amérique méridionale, se procurent un énorme développement du lobe de l'oreille, qui pend quelquefois jusques sur les épaules; ils emploient à cet effet, comme le remarque Buffon, des morceaux de bois ou de métal qu'ils introduisent dans l'ouverture qu'ils ont pratiquée à cette partie de l'organe auditif. A mesure que le trou s'agrandit, le lobe se développe, et l'on augmente la grosseur de la cheville jusqu'à ce qu'on ait obtenu l'accroissement désiré.

Le pavillon de l'oreille est remarquable par les bijoux qu'on y attache : l'or, les perles, les diamans, les pierreries de toutes espèces y sont suspendus avec art.

L'usage de fixer des bijoux aux oreilles remonte à la plus haute antiquité. La fable nous dit que Junon se parait de boucles d'oreilles pour plaire à Jupiter au moment où elle voulait le trahir. L'histoire nous apprend que les Hébreux, les Egyptiens, les Grecs considéraient les boucles d'oreilles comme une marque de noblesse. Les Romains au contraire qui avaient subjugué des peuples qui en portaient, les regardaient comme un signe d'esclavage : ils en mirent aux oreilles des Carthaginois après les avoir soumis. Cependant les Dames Romaines ne tardèrent pas à imiter leurs esclaves en ce point. Elles saisirent avec empressement ce nouveau moyen d'étaler les objets de luxe apportés par les triomphateurs du monde, fiers de leur brigandage.

Ces Dames joignirent donc à leurs couronnes de fleurs et de guirlandes, à leurs diadêmes, leurs colliers et autres ornemens de ce genre, les boucles d'oreilles que l'on avait enrichies de brillans les plus précieux et de perles les plus rares. Les peuples voisins, encore dans l'enfance de la civilisation, mais serviles imitateurs des Romains, suivirent cet exemple; et l'usage des pendans d'oreilles s'est ainsi propagé et perpétué chez presque toutes les nations policées. Il ne cause d'autre inconvénient que celui de couper le lobe de l'oreille lorsque les bijoux qu'on y suspend sont trop lourds et mal faits.

M. le Professeur Percy rapporte dans son mémoire sur les Ciseaux, inséré parmi ceux de l'Académie de chirugie, qu'une Dame qui avait le lobe de l'oreille divisé par l'usage des pendans trop lourds, s'est fait pratiquer la section des bords de cette division pour en obtenir la réunion et y fixer de nouveaux bijoux.

Nous ne terminerons pas cet article sans rappeler un fait qui n'offre d'autre intérêt que celui de sa singularité.

Pline le naturaliste (1), ainsi que Plutarque, rapporte que la prodigue et luxurieuse Cléopâtre, non contente de la somptuosité d'un magnifique repas que lui avait donné *Antoine,* invita ce dernier à une orgie où elle promit d'avaler en une seule fois, la valeur de plus de dix millions de *sesterces,* (environ deux millions de francs): pour effectuer sa promesse elle fit dissoudre dans du fort vinaigre (acide acétique), une de ses perles qu'elle avoit aux oreil-

_____

(1) Pline, *Hist. Nat.*, liv. IV, chap. 35, pag. 57.

les, et but ensuite cette dissolution *calcai-re*, dont le goût dut être aussi mauvais que le caprice de cette Reine était insensé.

COSMÉTIQUES POUR LES YEUX.

Les eaux, les baumes, les pommades que l'on emploie dans l'intention d'éclair-cir la vue, de donner de l'éclat et de la vivacité aux yeux, sont inutiles, nuisibles même lorsque ces organes jouissent de toute l'intégrité de leurs fonctions. L'eau fraîche suffit pour les laver tous les ma-tins, et pour entretenir la beauté de leur expression.

Lunettes. Les bésicles étant devenues un objet de toilette pour quelques per-sonnes, nous croyons devoir en parler. Celles que l'on décore du faux nom de con-serves, pour faire passer sur le ridicule d'en porter lorsqu'on à les yeux en bon état, ont toutes, les vertes comme les au-tres, l'inconvénient d'affaiblir la vue. Les premières notions d'optique et de phisio-logie suffisent pour l'expliquer, et l'expé-

rience pour en convaincre. En effet la lumière qui passe d'un milieu dans un autre éprouve toujours une réfraction : les
rayons lumineux tombant sur une surface
plane se rapprochent d'autant plus de la
perpendiculaire que le milieu est moins
rare. Si le corps traversé est dense et con-
cave, les rayons devront aller en diver-
geant; s'il est convexe et d'une égale den-
sité, ils convergeront. Le faisceau lumineux qui traverse la lunette éprouve donc
un changement dans sa direction, arrive
ainsi sur la cornée transparente de l'œil
qui le transmet aux humeurs de cet organe, dont les propriétés réfringentes sont
toujours en raison de la nature des rayons
lumineux. La sensibilité de la rétine, siège
de la vision, est obligé de faire effort pour
s'accommoder aux modifications que le
verre a fait éprouver à la lumière, et c'est
cet effort qui affaiblit la vue et qui fait qu'on
devient myope pour avoir porté des lunettes concaves. La couleur verte du verre
ménage la vue mais seulement dans les cas

où la lumière est trop vive, où l'œil jouit d'une grande sensibilité, et lorsque l'individu est atteint de *nyctalopie,* affection dans laquelle la lumière vive est insupportable et l'obscurité favorable à la vision. Nous ne critiquerons point les fats à lorgnettes ; leurs pitoyables grimaces sont bien dignes d'eux et doivent suffire pour les rendre ridicules. Laissons-leur le vain plaisir de s'admirer dans leurs contorsions originales ; la sottise engendre la fatuité (1).

COSMÉTIQUES POUR L'ODORAT.

Odeurs. Personne n'ignore l'influence des odeurs sur le système nerveux. Le médecin a souvent occasion de s'en servir pour réveiller la sensibilité et donner du ton à toute la machine ; mais, comme le propre d'un excitant est de provoquer la réaction, l'effort étant épuisé, il s'ensuit une somme de faiblesse égale à la quantité de force

(1) Dans son *Epitre dédicatoire de Zaïre*, Voltaire appelle les petits maîtres : « L'espèce la plus ridicule qui rampe avec orgueil sur la surface de la terre. »

mise en jeu pour combattre l'excitant. En général, ce n'est que par la combinaison des actions et des réactions, les agens étant connus, qu'on obtient d'heureux résultats en médecine. Un volume ne suffirait pas pour faire connaître les nombreuses combinaisons des substances aromatiques indigènes ou exotiques. Le parfumeur peut en varier les compositions à volonté. Ce que l'on appelle essences, quintessences, esprits; les huiles, les pommades, les cérats, les poudres, les sachets d'odeurs, etc., doit ses propriétés odoriférantes à la présence d'une huile volatile plus ou moins fugace, telle que celles d'œillet, de rose, de jonquille, d'orange, de mélisse, de menthe, de lavande, etc.; ou bien au principe aromatique des baumes du Pérou, de storax, de Tolu, de benjoin, à celui de l'ambre gris, du succin, du musc, etc. Toutes ces substances ont des propriétés plus ou moins stimulantes et peuvent, par leur fréquent usage, irriter la partie sur laquelle on les applique, et donner lieu à des dartres. Mais leur influence la plus marquée, comme nous venons de le dire, s'exerce sur le système nerveux, et produit souvent, après avoir exalté la sensibilité des nerfs *olfactifs*, une diminution de l'odorat telle, que les odeurs peu fortes ne se font plus sentir. L'insensibilité de ce sens (*l'anosmie*) peut même être la suite du mauvais emploi des odeurs. Alors les aromates les plus pénétrans ne font que peu ou point d'impression; c'est en vain qu'on s'en surcharge; on ne s'aperçoit pas qu'on infecte au lieu d'embaumer. Le duc de Richelieu était inabordable, tant il était musqué, aromatisé avec des odeurs les plus suaves. Sauvage cite l'exemple d'une *ischurie* (rétention d'urine) survenue par l'odeur de tubéreuse. Tissot, dans son *Traité des maladies des nerfs*, rapporte deux exemples de syncopes causées par l'odeur de la lavande et par celle de l'eau de Cologne. Levret (1) dit

(1) *Essai sur les Préjugés dans l'accouchement.*

que les odeurs suaves, fortes et pénétrantes sont nuisibles aux femmes en couche. Ingen-Houz, auteur anglais, qui a fait des remarques sur les propriétés des plantes, fait mention d'une fille qui mourut pour avoir mis des lis dans sa chambre. M. Desvaux, rédacteur principal du *Journal de Botanique*, nous a communiqué plusieurs autres exemples de morts subites dues à l'influence des odeurs.

Martial, poète latin déjà cité, connu par ses épigrammes contre les mœurs dépravées, et l'inconcevable luxe des Romaines, s'exprime ainsi à l'une d'elles : « Quand tu parais, on pense voir Cosmus (1), où l'on

---

(1) Fameux parfumeur de Rome que l'on nommait ainsi à cause de sa profession. Quelques auteurs, d'un profond savoir, pensent que le mot *cosmétique* pourrait bien venir du nom de ce trésorier de l'imposture. Mais il nous semble que, pour éloigner cette idée, il suffit de savoir que le verbe grec κοσμεῖν (orner, parer, embellir) existait avant que les Romains connussent les cosmétiques.

croit qu'il vient d'être répandu un flacon d'essence de cannelle. Je ne veux pas que tu me plaises, ô Gellia! par des choses qui te sont étrangères : il ne dépend que de moi de faire exhaler à mon chien des odeurs aussi suaves que les tiennes (1).

COSMÉTIQUES POUR LA BOUCHE.

Lèvres. Il existe une infinité de pommades pour les lèvres : on doit s'en servir avec précaution. La plupart contiennent des substances excitantes qui, en augmentant la circulation de la peau fine qui recouvre ces organes, leur donnent un aspect vermeil qui ne dure qu'autant que l'excitation subsiste. Cette fraîcheur artificielle se dissipe, les lèvres se décolorent, se flétrissent, et réclament un nouvel enduit de

---

(1) Quòd quacumq. venis, cosmû migrare putamus
Et fluere excusso cinnama fusa vitro :
Nolo perigrinis placeas tibi, Gellia, nugis.
Sic puto posse meum, sic bene olere canem.
                    Martialis, lib. III, épig. 54.

pommade , dont l'emploi réitéré devient bientôt impuissant.

Les acides étendus , les substances astringentes , les alimens qui en contiennent , font pâlir les lèvres , en déterminant la rétraction des vaisseaux capillaires. L'huile d'amandes douces , diversement aromatisée , les pommades adoucissantes, le cérat odorant , peuvent être employés pour adoucir les lèvres , et favoriser leur épanouissement. Mais. ces moyens sont d'une faible ressource , lorsque les plaisirs, les maladies ou la vieillesse ont fané ces parties , qu'elles sont molles et flétries : et. ils sont inutiles chez les jeunes personnes bien portantes. La jeunesse , la santé et la. satisfaction peuvent seules fixer la fraîcheur et le vermeil du teint, attributs enchanteurs de la beauté.

Dents. Chez quelques peuples des Indes, il faut , pour être jolie , avoir les dents noires et les cheveux blancs.... Que ces beautés orientales sont laides en Europe! que ne fait-on pas pour les éviter! Les opiats, les poudres dentifrices qui ont pour base des acides ou des oxides, tels que le *minium* (trito-xide de plomb), le cinabre (sulfure rouge de mercure), sont employés pour enlever le tartre qui jaunit ou noircit les dents. Les charlatans ont même conseillé des acides minéraux à un degré de concentration assez fort pour occasionner le ramollissement de l'émail. Des douleurs inouies, la carie et la chute des dents sont souvent le résultat de l'usage de l'un ou l'autre de ces dentifrices, si vantés par le charlatanisme. Pour conserver la blancheur de ses dents, il faut les brosser légèrement tous les matins, et avoir soin de bien les nettoyer après avoir mangé. On peut, avec avantage, employer de temps en temps de la poudre de corail; celle de charbon, de la magnésie, etc. , que l'on réduit en pâte avec du sirop ou du miel, aromatisé si l'on veut. Des frottemens trop rudes et trop fréquens affaibliraient le ressort des gencives, déchausseraient les dents et hâteraient leur chute.

6.

Le limage n'est pas sans inconvénient : on ne devrait le pratiquer qu'en cas de besoin , et jamais par coquetterie. En limant la dent on enlève une portion de l'émail , on découvre l'intérieur de l'os, l'air peut alors le frapper de *nécrose* , ou de carie En ruginant les dents pour les nétoyer, les dentistes doivent prendre garde de ne pas trop forcer l'instrument, de crainte d'enlever cet émail, enveloppe conservatrice de l'os.

La transplantation des dents n'a lieu que par une action mécanique, et non vitale comme on l'a prétendu. C'est pour cela qu'elle peut-être suivie d'accidens. L'os substitué a souvent causé, dit M. Richerand, « la » carie de la mâchoire , des odontalgies , et » même des convulsions qui n'ont cédé qu'à » son arrachement (1). » Ce célèbre auteur ajoute avoir vu pratiquer une opération qui prouve qu'un excès de coquetterie peut conduire à l'immoralité : une femme riche

_____

(1) 3ᵉ. vol. de sa *Nosographie*, pag. 270 , 2ᵉ. éd.

acheta d'un jeune ramoneur une de ses belles dents incisives qu'elle fit arracher impitoyablement pour en parer son *rate-lier*, et dans le vain espoir d'en retirer de grands avantages.

Les dents postiches doivent être posées par d'habiles artistes. Quand elles sont mal fixées, il en résulte des pressions douloureuses, insupportables, et quelquefois le cruel déplaisir de les voir se détacher, et la triste obligation de les escamoter pour se dérober à la honte de l'artifice en défaut.

Haleine. Les substances aromatiques, plus ou moins excitantes, que l'on mâche dans l'intention de neutraliser la fétidité de l'haleine, sont inefficaces. La cannelle, l'iris, le pyrèthre, et autres masticatoires de ce genre; les diverses pastilles de menthe, à la vanille, etc., ne détruisent pas les gaz qui viennent de l'estomac, du nez, ou de la bouche; ils ne font qu'en masquer la mauvaise odeur pour quelques instans: leur fréquent usage émousse le goût, peut causer la salivation, la carie, la chute des dents, des angines, l'inflammation de l'estomac. L'abus que font les Indiens et les Chinois des feuilles de bétel, et les Égyptiens du mastic, leur noircit les dents et les fait tomber. Les dames romaines qui abusaient du mastic et des pastilles de myrte, étaient souvent obligées de recourir à un homme de l'art pour se faire *démeubler* et *remeubler* la bouche. Si la puanteur de l'haleine dépend de la carie d'une ou de plusieurs dents, il faut les extraire, ou les cautériser, s'il est possible. Si la corruption de l'haleine est due à un ozène ou à toute autre maladie, ce sont les secours de la médecine qu'il faut invoquer. Si les vapeurs fétides résultent des mauvaises digestions, comme cela arrive plus souvent qu'on ne pense, on peut, avec avantage, associer aux remèdes et au régime qui conviennent contre ce vice de l'estomac, l'usage de pastilles de charbon ou de magnésie : elles ont la propriété d'absorber les gaz corrompus sans exposer à aucun inconvénient.

PARAGRAPHE SANS TITRE.

Le devoir que nous nous sommes imposé de signaler tout ce qui est nuisible, ne nous permet pas de passer sous silence l'effet des remèdes dont ont se sert dans certains cas. La décence, cependant, exige que nous employions l'allégorie pour nous faire entendre. Si l'on veut bien la permettre, nous dirons que la trop prompte dégradation du portique mystérieux de Vénus a fait imaginer une foule de moyens réparateurs, mais dont l'usage n'a d'abord été suivi de succès, que pour faire ensuite crouler l'édifice et détruire à jamais l'espoir de le rétablir dans son premier état. Tout ce que les charlatans et les commères ont proposé pour atteindre ce but a constamment produit des résultats opposés à ceux que l'on en espérait. Le vinaigre de Vénus, le baume de la Mecque, l'*aqua virginitatis*, et tant d'autres compositions analogues, déguisées sous des noms plus ou moins séduisans, et secrète-

ment débitées, ont toutes pour bases les
mêmes substances que les remèdes con-
seillés par Abdeker (1), en pareille cir-
constance; tels que la noix de galle, la
grenade, l'alun, plusieurs acides minéraux et végétaux dont les propriétés fortement astringentes, irritent les parties
sur lesquelles on les applique, en cris-
pent les vaisseaux, occasionnent une rétraction momentanée de laquelle on se
félicite. Mais l'emploi réitéré de ces perfides compositions émousse bientôt la sensibilité; alors les plus forts astringens sont
impuissans. Les organes ont perdu leur
faculté rétractile, et leur incurable flaccidité fait le désespoir de l'imposture et
de la coquetterie.... *on est puni par où
l'on a péché.* Et nous ne pouvons ici que

---

(1) « Si mulierum sinus pudoris sit nimium
dilatatus, quod accidit tùm propter partum, tùm
proptèr frequentes coïtus, debent mulieres tunc
uti sequentibus remediis. »

(*Abdeker*, tom. 1er., pag. 193.)

déplorer le triste état des pécheresses ;
rien ne saurait rétablir ce qu'un usage
abusif a flétri ; il n'existe que des moyens
préservatifs : la tempérance, et la propreté. Excepté aux époques où Vénus
exige un sanglant tribut, en tout temps,
matin et soir, l'éponge chargée d'eau
fraîche, simple, ou au besoin faiblement
aromatisée avec de l'eau de Cologne, de
la teinture de benjoint ou de myrrhe et
d'aloës, est tout ce que l'on doit employer pour conserver le plus long-temps
possible, cette fraîcheur et cette élasticité
dédaignées par quelques peuples grossiers,
mais généralement recherchées.

VÊTEMENS.

Chaque peuple se couvre le corps à sa
mode. Le climat, la civilisation, la politique et la religion, en établissent les
règles et en consacrent l'usage. Il serait
ridicule de vouloir adopter le costume
d'une nation autrement policée que la
nôtre, et occupant un climat différent.

6..

L'habitant du midi serait accablé sous le poids des grossiers vêtemens de celui du nord; ce dernier succomberait à la rigueur du froid s'il était obligé de se vêtir avec les étoffes légères qui servent au premier. C'est pour cette raison que le costume grec ne saurait convenir aux français. Billaud de Varennes a cependant fait, à la Convention nationale, un rapport tendant à l'introduire en France; mais son projet a été englouti avec le système des innovations barbares que préconisait alors le *terrorisme*.

Le costume français ne doit donc pas être substitué sans réserve à celui d'une autre nation, fût-elle voisine de la nôtre; mais les observateurs philosophes doivent proposer des modifications basées sur les principes qui ont pour but la perfection.

Sans nous croire capable de produire à ce sujet une influence salutaire, et sans nous ériger en réformateur, nous dirons que notre costume, quoique plus simple qu'autrefois, se compose encore de beau-

coup trop de pièces ; Macquart dit « que
notre manière de nous vêtir généralement
et ridiculement adoptée est la moins noble,
la plus incommode, celle qui fait perdre
le plus de temps et qui paraît la moins
assortie à la nature. » (*Encycl. Méth.* art.
habillemens.)

Indépendamment de ces désavantages,
les ligatures circulaires qui servent à fixer
plusieurs parties de vêtemens tels que les
bas, le caleçon, la culotte, les ceintures
de jupons ou de robes, etc., gênent la
circulation, compriment les nerfs, empêchent le libre exercice des parties qu'elles
embrassent, et peuvent donner lieu à des
varices, des anévrismes, des loupes.

Les préceptes du philosophe de Genève
n'ont point fait impression sur tous les esprits. Dans plusieurs provinces méridio-
nales, en Auvergne sur-tout, les mères
emmaillottent encore leurs enfans, et les
tiennent ainsi garottés comme des crimi-
nels, tant il est vrai que les préjugés
aveuglent l'homme ! la démonstration la

plus évidente de la vérité ne peut souvent le tirer de l'erreur la plus grossière.

La compression que certaines femmes exercent sur leur front, au moyen d'un bandeau qu'elles croient propre à faire disparaître des rides ineffaçables, comprime les artères temporales et occipitales, ainsi que les nerfs frontaux; ralentit la circulation du sang, et cause de violens maux de tête.

La coquetterie de quelques jeunes *chlorotiques* (attaquées de pâles-couleurs) leur fait contracter la mauvaise habitude de se serrer le cou avec leur collier pour se donner des couleurs. Il en résulte la stagnation du sang veineux qui donne au visage un teint bleuâtre et peut causer des migraïnes, des tintemens, des étourdissemens, des vertiges, et même endommager le cerveau et ses enveloppes. Les cravates (1) trop serrées exposent aux mêmes accidens.

---

(1) Voyez le savant article de M. le professeur Percy, *Dictionnaire des sciences médicales*

Les corps de baleine que l'on porte pour relever la gorge et amincir la taille peuvent donner lieu à des suites d'autant plus graves que la poitrine est moins avancée vers le terme de son accroissement. Ils gênent l'action des *muscles*, arrêtent le développement du *thorax* et deviennent la cause éloignée d'une *phthisie* mortelle. Ces espèces de cuirasses peuvent aussi rendre bossu par la difficulté qu'elles causent de mouvoir avec aisance les deux bras en même temps : les jeunes filles s'habituent à n'exercer que celui dont les mouvemens sont plus faciles ; et c'est la raison pour laquelle, comme l'a remarqué *Winslow* (1), une des épaules est presque toujours plus élevée que l'autre. Dans l'âge adulte, les corps de baleine, ont aussi l'inconvénient de gêner la respiration et de gâter la gorge. C'est surtout la ceinture dite de Vénus qui, forçant les seins à se tenir dans une position trop relevée ,

(1) Voy. son *Mémoire* inséré parmi ceux de l'Académie des sciences, l'an 1741.

détruit leur ressort, les ramollit, les affaise; et cette belle forme *hémisphérique*, cette inestimable fermeté, sont désormais perdues sans le secours de la ceinture de Vénus.

Le désir d'avoir le pied mignon, l'a fait enfermer dans des chaussures étroites qui le déforment, et l'estropient quelquefois. Comment peut-on faire consister la beauté d'une partie dans une disposition contre nature! Des pieds petits, des doigts éffilés font supposer de l'aisance dans la fortune, et annoncent qu'ils n'ont pas été exercés à des occupations pénibles et grossières; mais est-il donc si méprisable, si laid, de porter les attributs du travail! Doit-on leur préférer une petitesse disproportionnée, des orteils comprimés, et les altérations, les violentes douleurs qui résultent de leur tassement? O vanité, aveugle vanité!..... Il y a six ans, qu'étant élève à l'hôpital de la Charité de Paris, nous avons donné des soins à une femme qui a payé cher l'influence de cette mode

meurtrière imitée des Chinois. Ses orteils
étaient, pour ainsi dire, pelotonnés; elle
ne pouvait faire un pas sans que la pression ne lui fit éprouver des douleurs insupportables. Un de mes confrères connaît
un jeune homme dont les os du *métatarse*
ont été cariés par suite de l'usage des sou-
liers et des bottes trop étroites; les corps
aux pieds, les durillons, et quelquefois
les *ongles rentrés dans la chair* ne sont dûs
à aucune autre cause.

On attache trop peu d'importance à la
forme et à la nature des vêtemens. Esclaves
de la mode, la plupart des femmes lui
obéissent sans réserve : elles préfèrent suivre l'usage du jour, que de penser aux
modifications particulières qu'exigeraient
leurs ajustemens pour leur être appro-
priés, et aux précautions qu'il faudrait prendre pour se prémunir contre les dangers
d'une robe trop échancrée ou d'étoffe légère.

Que d'exemples de suppressions de
transpirations, de catarrhes, de rhumatismes, d'asthmes, de fluxions de poitrine,

de phthisies, survenus par l'habitude de porter des vêtemens qui ne sont pas en rapport avec le climat, la saison, ou les circonstances individuelles !..

Plutarque nous a transmis les belles lois que Lycurgue avait créées à Sparte. Un Magistrat y était chargé d'inspecter les habits des femmes enceintes, de celles qui étaient nouvellement accouchées; et de veiller à l'éducation physique des enfans, qui tous étaient sous la discipline de l'Etat. Ce grand législateur voulut encore que les femmes ne fussent parées que des seuls dons de la nature, et qu'elles prissent pour voile la vertu. Il était sans doute bien persuadé que les modes influent sur les mœurs et les mœurs sur la santé.

Les couronnes, les aigrettes, les diadêmes, les colliers, les ceintures, les agraffes, les bracelets, les bagues, et toutes les matières précieuses qui les composent, ne sont déjà que trop connues. Ce que nous pourrions en dire, d'ailleurs, ne satisferait pas les élégantes qui, avec des goûts les plus variables, ont mille fois plus de connaissances que nous sur la forme et la richesse de la parure la plus moderne, la plus avantageuse à leur coquetterie; mais la plus funeste aux finance des maris ou des parens.

» On brille par la parure, dit l'auteur d'Emile, mais on ne plaît que par la personne. Nos ajustemens ne sont pas nous; souvent ils déparent à force d'être recherchés, et souvent ceux qui les portent sont ceux que l'on remarque le moins. » (T. 4.)

GÉNÉRALITES SUR L'ÉDUCATION.

Si c'est embellir l'homme que de le rendre bon, utile et agréable, ce paragraphe trouve naturellement place ici.

L'éducation est du ressort de la médecine, de la philosophie et de la législation. Elle a pour but de développer et de diriger autant que possible, nos facultés physiques et morales pour nous conduire au bien général et au bonheur particulier. Les principes de la bonne éducation sont établis sur la connaissance de l'homme, sur celle des êtres et des circonstances qui l'influencent ou qui peuvent l'influencer. Ceux de la mauvaise sont arbitraires, et s'écartent plus ou moins des lois naturelles. L'amélioration du genre humain dépend de l'observation dominante de ses véritables principes : la dégradation des sociétés, leur état de barbarie émanent de l'ignorance de ces mêmes principes, ou de la fausse application qu'en ordonnent les gouvernemens tyranniques. L'importance de l'éducation a été reconnue de tous les peuples éclairés. Les anciens et particulièrement les Grecs et les Romains, nous ont transmis l'histoire de leurs fameuses institutions, si connues et si peu imitées de nos jours.

Une foule d'auteurs ont écrit sur l'éducation. Les livres d'Hippocrate, de Galien, de Celse, de Haller, de Platon, de Plutarque, de Quintilien, de Montaigne, de

Locke, de J. J. Rousseau, de Rollin, de Fénélon, ceux du docteur Franck, de Tourtelles, d'Alphonse Leroy; les savantes leçons du Professeur Hallé, etc., contiennent tout ce que le génie et l'expérience ont de sublime en ce genre. Pourquoi faut-il que tant de précieux ouvrages ne soient connus que des savans, dont le zèle, pour en propager les principes, est souvent opprimé par une politique barbare!

Pour établir un bon système d'éducation il est indispensable d'avoir profondément médité sur les passions des hommes de toutes les classes, de tous les temps et de tous les pays. Pour méditer avec fruit sur les passions, il faut être naturaliste-observateur, moraliste-philosophe; il faut remonter à la cause première, aux principes fondamentaux des propriétés vitales des êtres animés, en reconnaître les effets, les apprécier sans prévention, les comparer entre eux et en calculer les résultats d'après l'expérience et l'analogie.

Il ne sera pas inutile d'émettre ici nos réflexions sur l'essence des passions; la connaissance de leur véritable nature est la base du meilleur système d'éducation.

Si les effets sont d'autant mieux connus que les causes le sont elles-mêmes, interrogeons la nature, observons ses lois, apportons dans nos recherches la plus scrupuleuse attention, éclairons-les du flambeau de la saine philosophie, et cette nature nous apparaîtra dévoilée et libre des épaisses ténèbres qui nous la dérobent... Mais l'homme jouit-il de facultés infaillibles et assez grandes pour atteindre ce but : pour discerner le vrai du faux ? Son imagination, ses préjugés, ses penchans, n'influent-ils pas sur les impressions qu'il reçoit ? néanmoins la manière d'être physique détermine la manière d'être morale : elles sont inséparables, naissent et meurent en même temps. Gardons-nous donc bien de nous plaindre, nous n'en avons nul droit : nous sommes ce que nous devons être, un individu dont les propriétés sont déterminées par lui-même et par les êtres avec lesquels il a des rapports. Nos facultés sensitives circonscrivent la sphère de nos connaissances. Les sens étant les seuls moyens à l'aide desquels nous puissions nous assurer de l'existence des corps et de leurs phénomènes, il est évident que les impressions et les perceptions devront être modifiées en raison de la faculté des organes appréciateurs. Tout ce qui ne frappe pas ou n'a point frappé nos sens n'existe pas pour nous. S'il est bien démontré que ce ne soit qu'à l'aide de ces organes sensibles que nous puissions acquérir des connaissances certaines; si toute autre opinion n'enfante que des chimères, de vains fantômes qu'une imagination exaltée et prévenue prend pour des réalités; si enfin les sens servent seuls à nous mettre en relation avec les objets extérieurs, écoutons-les; mais ne voyons que ce qu'ils voyent; jugeons d'après leur témoignage; toutefois en ne nous en rapportant aux impressions qu'après que l'expérience en a confirmé la réalité. Avec cette méthode philosophique, les mystères ne seront plus mystères, les suppositions gratuites se changeront en certitudes physiques, et l'erreur s'évanouira à l'aspect de la vérité.

Voyons, en considérant l'homme de plus près, si nous pourrons découvrir l'essence de ses passions. L'expérience, l'observation, les comparaisons, l'analogie nous apprennent que ses affections sont inhérentes, essentielles aux organes : elles sont le simple résultat de propriétés organiques modifiées et mises en jeu par les impressions, l'habitude et l'exemple. Cette vérité ne paraîtra paradoxale qu'à ceux qui méconnaissent les lois de l'économie animale, ou qui, imbus de préjugés, craignent de faire usage de leurs observations pour renverser des systèmes préconisés par des auteurs qui pour eux font autorité. La vérité exclut les opinions : il faut des faits pour la reconnaître : dès qu'elle se montre on doit la saisir avec avidité, la propager et l'opposer à l'erreur. Les vrais philosophes, les amateurs des sciences, les amis de l'humanité ne disent point : *Descartes* ou *Newton* l'a dit, il faut le croire sans restriction, sans examen. Mais ils vérifient les faits, raisonnent, tirent les conséquences nécessaires, louent, admirent même les savans qui ont fait de vains efforts, et rendent hommage aux hommes étonnans qui leur. ont dévoilé et transmis la vérité, si souvent méconnue !... *Amicus Plato, sed magis amica veritas*. Pourrait-elle cette vérité ne pas être apperçue dans les passions ? Quel est donc le voile épais qui nous la cache ? N'observons-nous pas que les différens peuples, les gens de tel ou tel tempérament, et même les individus en particulier, ont des mœurs, des habitudes, des inclinations, en un mot des manières d'être qui leur sont propres ? Les habitans du nord ont-ils la sensibilité aussi développée que ceux du midi ? sont-ils constitués de même ? L'homme d'un tempérament sanguin n'a-t-il pas les passions plus vives et moins durables que le lymphatique ; celui-ci a-t-il l'énergie et la persévérance du bilieux; l'athlétique est-il aussi excitable que le nerveux?.. on ne voit jamais deux individus penser absolument l'un comme l'autre, cela doit-être; personne n'a des organes parfaitement semblables. S'il était possible qu'il y eût dans l'univers deux êtres similaires en tout à eux-mêmes, et qu'ils fussent placés dans les mêmes circonstances, il répugnerait à la raison de croire que leurs affections dussent être différentes : les mêmes causes doivent donner naissance aux mêmes effets. Chacun a donc sa manière d'être par la seule raison que chacun a des organes dissemblables : or, les passions dépendent de l'organisation. Les impressions que font sur nous les corps extérieurs, l'éducation, le savoir, les habitudes, modifient certainement nos passions, et semblent même donner lieu à plusieurs qui ne se seraient que faiblement montrées; mais cette faculté qu'ont nos organes d'être affectés de manière à produire des phénomènes que paraît démentir leur nature n'a lieu que jusqu'à un certain point.

Les organes conservent toujours le caractère qui leur est propre, celui qui dépend
uniquement de leur structure : ils sont
seulement *impressionables*, et sous ce rapport on peut dire que les impressions sont
à nous, ce que les autres corps de la nature sont pour eux-mêmes, lorsqu'on les
met en contact : ils s'influencent réciproquement; les résultats sont toujours en
raison des propriétés des corps influants
et de celles des corps influencés.

Les impressions, quelle que soit leur source, reçues par nos sens et transmises au cerveau, influent de telle manière sur notre
être, qu'elles excitent ou affaiblissent la
faculté sensitive de *l'encéphale* (le cerveau); cet organe étant le *sensorium commune*, le promoteur, le régulateur de la machine animale, tous les ressorts de cette
machine doivent nécessairement lui être su-
bordonnés. Les organes devront donc agir,
et d'après leur propre nature, et d'après les
influences secondaires qu'ils reçoivent : et
ces dernières devront avoir pour but immé-

7

diat, de réveiller ou d'opprimer, de bien ou de mal diriger les facultés organiques pré-existantes. Point d'impressions, point d'effets vitaux; nul phénomène vital sans organe propre à être *impressionné* : le concours des unes et des autres est indispensable pour constituer l'homme vivant : il faut toucher le forté pour en tirer des sons; de même il faut toucher l'homme machine par des impressions, pour le rendre homme pensant et agissant conformément à sa nature.

Les grandes passions produisent les grands crimes ou les grandes vertus : elles font les scélérats, les tyrans, les conspirateurs, les *terroristes ;* ou bien, en élevant l'homme au dessus du vulgaire, elles le portent aux nobles exploits, aux actions héroïques, à l'esprit patriotique, aux sublimes conceptions du génie. Néron, Tibère, Caligula, Robespierre, furent dévorés par la passion de tyranniser : Licurgue, Guillaume Tell, Brutus, Newton eurent des passions aussi fortes mais entièrement opposées. Celles des premiers tendaient au meurtre, à l'imposture; celles des derniers au bien, à la vérité.

Calquée sur la parfaite connaissance des passions humaines, sur la pleine et entière liberté de les diriger philosophiquement, l'éducation des hommes ne pourrait manquer de faire des progrès aussi sûrs que rapides, et tendant à l'amélioration du corps social. Mais que d'obstacles pour parvenir à ce but! la politique, la religion m'imposent silence... Que servirait d'ailleurs de trop justes déclamations contre la tyrannie, le fanatisme et d'absurdes préjugés perpétués depuis tant de siècles, et dont l'empire illimité a causé tant de maux! Par eux les trônes sont renversés ou élevés sur des monceaux de cadavres, par eux les peuples sont opprimés ou anéantis; par eux enfin point de bonheur réel pour l'homme de bien, pour le philosophe. Le temps viendra peut être, où les peuples seront éclairés, où chacun jouira de ses droits et s'acquittera de ses devoirs. Mais qu'il est

7.

loin de nous en supposant qu'il arrive, cet heureux temps, ce futur âge d'or; que de victimes, que de révolutions sanglantes et dévastatrices nous offrira la scène du monde, avant son apparition! Les vrais principes de l'éducation fondée sur les lois de la nature, modifiée suivant les diverses classes d'hommes, pourraient seuls amener ce siècle de félicité. De leur adoption générale résulteraient, pour l'individu, santé, bonheur, savoir; pour la société des membres utiles et agréables; et pour l'état, des citoyens voués par devoir à la défense de leur patrie.

ÉDUCATION PHYSIQUE RELATIVE A LA BEAUTÉ.

Nous la définissons, la connaissance des moyens propres à donner au corps bien conformé, tout l'agrément dont il est susceptible. Elle ne doit pas être confondue avec *l'orthopédie*, branche de la médecine, dont l'objet est de corriger les défauts ou les difformités constitutionnelles. Ainsi l'époque de la puberté, le développement de la voix, les divers mouvemens et inflexions du corps, la physionomie, les arts d'agrément vont successivement nous occuper.

AGE DE PUBERTÉ.

A cette époque, le corps éprouve, tant au physique qu'au moral, une révolution plus ou moins orageuse qui peut compromettre la beauté, la santé, et même la vie. Les organes sexuels se développent et les penchans se prononcent.

Que de précautions à prendre pour ne pas accélérer ou troubler la marche de la nature dans ses importantes et sages opérations; que d'écueils à éviter pendant ce changement d'état! Les instituteurs et institutrices, les mères surtout ne sauraient trop y apporter d'attention.

Un régime exquis et échauffant, les mœurs déréglées, les habitudes sensuelles, la cohabitation des deux sexes, la fréquente lecture des romans, les bals, les spectacles, les conversations licentieuses,

en un mot, tout ce qui exalte l'imagination
et influe puissamment sur le genre nerveux, produit une excitation générale qui
hâte l'époque de la puberté et développe
le germe des maladies qui sont le fruit d'un
être imparfait et débile. En effet, si la nu-
bilité arrive avant que le corps ait acquis
assez de consistance, l'accroissement général sera interrompu; les forces vitales
seront mal réparties : les organes qui doivent être le siége du travail particulier,
auront un excès d'énergie; les autres seront languissans, et l'individu se trouvera
exposé aux suites redoutables que doit lui
faire craindre la mutation naturelle qu'il
est souvent incapable de supporter, par
son état de faiblesse et de *cacochyme*. Les
vapeurs, et tant d'autres affections nerveuses, altéreront sa beauté et sa santé,
la stérilité pourra en être la suite; et s'il
arrive que la jeune personne soit mère,
sa progéniture sera faible, chétive comme
elle, dont la vieillesse prématurée termi-

nera infailliblement la courte et misérable carrière (1).

Lorsque la nature n'est point contrariée, la puberté se déclare sans accidens funestes, de neuf à douze ans chez les femmes des pays les plus chauds (2), de douze à quinze pour celles de nos climats, et de quinze à vingt pour les habitantes du nord (3). Cette différence d'âge peut exister sous le même degré de latitude et tenir seulement au tempérament. Un individu très nerveux, sera toutes choses égales d'ailleurs, plus précoce que celui qui

(1) Les Lacédémoniens condamnèrent *Archidamus*, à cause qu'il s'était marié avec une femm d'une petite et faible constitution : au lieu d'une race de héros, lui dirent-ils, vous nous donneriez une postérité d'imbéciles. (*Rapporté par Buchan.*)

(2) Prideaux nous apprend que Mahomet épousa Cadisja à cinq ans, et qu'il l'admit à sa couche à huit ans, époque où elle fut pubère.

(3) Les hommes dont les organes doivent acquérir plus de force, ne sont puberes que deux ans ou environ plus tard que les femmes.

jouira d'une constitution beaucoup plus robuste et moins sensible.

En suivant les progrès de l'apparition des phénomènes de la puberté naturelle, on observe, non sans admiration, les heureuses méthamorphoses successives qui s'opèrent chez la femme : la nature travaille avec énergie au développement des organes qui doivent remplir les fonctions particulières au sexe, et essentielles à la reproduction de l'espèce (1). Les seins jusqu'alors peu différens de ceux du jeune homme, acquièrent de l'accroissement, deviennent saillans et durs ; ils se séparent et se dirigent convenablement ; la gorge se forme ; le mamelon se prononce pour s'apprêter à son importante destination ; et si rien ne gêne la nature, ces organes enchanteurs prennent un développement

––––––––––––

(1) Qu'on me dispense de parler de certains changemens organiques qui surviennent à cette époque, et dont l'explication et le but sont des mystères pour tout autre que le médecin et le naturaliste.

et une direction capables d'émouvoir le cœur glacé du lapon (1), et de faire palpiter de plaisir l'homme sensible.... Bannissez donc, êtres intéressants, qui bientôt allez débuter dans la carrière de plaire; bannissez, alors plus que jamais, ces instrumens meurtriers, ces corps de baleine, ces buscs qui ne servent qu'à vous rendre difformes, qu'à donner une mauvaise direction à vos organes ravissans (2). En-

_____

(1) Les Lapons n'éprouvent qu'un amour périodique purement physique, qui se manifeste au printemps et meurt avec cette saison. (*Encyclopédie des Voyages*, par Grasset Saint-Sauveur.)

En Laponie, l'écoulement menstruel n'a lieu que deux ou trois fois par an. (Gardien, tom. 1er., page 253 de son ouvrage sur les *Accouchemens*.)

(2) *Buchan* rapporte que les femmes de Londres n'ont presque pas de mamelons, et qu'elles ont hérité de cette disposition de leurs mères qui portaient des corps lacés.

Nous ne pensons pas comme *Buchan*, à cet égard: les difformitées accidentelles ne sont point transmissibles par voie d'hérédité. Cette remarque a fait échouer l'ingénieux système sur la génération

7..

tendez mieux vos véritables intérêts; laissez agir la nature; rien n'est mieux fait que par elle. L'art produit des monstruosités en voulant la surpasser : un sein trop relevé, trop écarté ou rapproché de son semblable, choque la vue, et révolte l'amateur de la belle nature (1). Vénus nous est

---

de l'illustre *Buffon*, qui prétendait que chaque partie concourait à la formation de son analogue, qu'ainsi la matière des membres venait des membres, celle de la tête, des yeux, du nez, etc., avait été fournie par les mêmes parties. Dans cette hypothèse, les boiteux, les borgnes, ceux à qui il manquait un membre auraient dû donner naissance à de pareils individus; ce qui n'arrive jamais lorsque le défaut de conformation du père ou de la mère n'est point constitutionnel. Or, si les anglaises ont le mamelon applati, cela ne peut tenir qu'à la présence de la même cause qui a procuré cette disposition à leurs mères.

(1) ... « Pour que les mamelles des femmes soient bien placées, il faut qu'il y ait autant d'espace de l'un des mamelons à l'autre qu'il y en a depuis le mamelon jusqu'au milieu de la fossette des clavicules, en sorte que ces trois points fassent un triangle équilatéral. » Buff., *Hist. nat. de l'hom.*

représentée nue et libre de tout bandage compressif, de ces *corsets-cuirasses* si funestes en France, et sur-tout en Angleterre ; et cependant que ne feraient pas celles qui veulent plaire pour posséder les divines formes de la déesse qui tient le sceptre de la beauté? Qu'elles ne fassent rien ; qu'elles en laissent le soin à la nature ; elle les rapprochera autant que possible du type de la beauté : l'art ne ferait que les en éloigner.

A mesure que la gorge se forme, la taille semble s'amincir ; les saillies mammaires la font paraître plus svelte ; les membres s'arrondissent, le corps entier prend du développement, la voix devient sonore, une douce mélancolie remplace les jeux bruyans de l'enfance ; l'individu est rêveur, pensif, incertain ; son embarras lui cause de l'aversion pour la société ; il aime la solitude. Il reste dans cet état d'autant plus long-temps, que ses forces vitales sont moins énergiques. La nature fait enfin un dernier effort ; l'im-

portante fonction (1) qui annonce la fé-
condité vient mettre un terme à tant de
troubles, et *le nouvel être* ne sent plus que
le désir secret de se livrer aux délicieuses
impressions dont il ignore encore la véritable nature. L'approche du sexe qui lui
est opposé le fait tressaillir : il craint et
désire à la fois ce qui lui est inconnu ; l'impression est ineffaçable ; les yeux et les gestes
deviennent plus expressifs ; le maintien se
compose, et la pudeur, caractère spéci-
fique d'un cœur simple, vient couronner
l'œuvre admirable de la nature. Là com-
mence l'empire de la beauté, le printemps
de la vie, la saison des plaisirs (2).

_____

(1) Relativement à la femme, nous considérons
ici l'écoulement périodique comme le signe caracté-
ristique de la puberté, et le seul qui puisse assurer
la faculté reproductive.

(2) Buffon a dit : « L'âge de la puberté est le
printemps de la nature, la saison des plaisirs. » (*Hist.
nat. de l'hom.*)

VOIX.

La voix est une fonction qui résulte d'une ou de plusieurs expirations, avec émission plus ou moins sonore de l'air contenu dans les poumons qui, pressés en tous sens par les muscles expirateurs, forcent le fluide aérien à traverser la trachée-artère et le larynx, dont le mécanisme produit les sons les plus variés.

S'il nous était permis d'entrer dans quelques détails anatomiques et physiologiques, nous décririons les parties constituantes des organes qui produisent la voix et la modifient de mille manières; nous ferions observer que de leur conformation, de leurs rapports réciproques, de leurs dispositions particulières et générales, momentanées ou persistantes, résultent toutes les espèces de voix : le dessus, la haute-contre, la taille, la basse-taille, la basse-contre, et toutes les subdivisions établies par les musiciens; nous ferions observer que le larynx n'est exclusivement, ni un

instrument à vent comme le pense *Dodart*,
ni un instrument à cordes comme le prétend *Ferrei*, mais un organe particulier
à l'homme, et qui a la singulière faculté
d'imiter la voix de presque tous les animaux, le son de la plupart des instrumens
de musique, le mugissemens des fleuves
rapides et des flots de la mer, le sifflement
ou le bruit sourd des agitations de l'air,
et même les terribles détonations de l'é-
lectricité atmosphérique, etc. De cette
immense diversité dans la production des
sons, nous en aurions conclu que le *larynx* est l'instrument universel, ou au
moins celui qui possède le plus éminem-
ment la puissance imitative.

Néanmoins il n'est pas nécessaire d'ana-
tomiser les organes de la voix pour considérer ici la fonction qui en résulte.

Le ton de la voix est susceptible de varier à l'infini. Tout ce qui concerne l'état
physique et moral de l'invidu, peut lui
imprimer un caractère particulier et distinctif : tels que le sexe, le tempéra-

ment, l'âge, les passions, le climat. Ainsi, les diverses inflexions de voix sont égales en nombre aux impressions qui les déterminent et à l'organisation spéciale *du larynx*. Chaque individu a une voix qui lui est propre. Les uns, peu favorisés de la nature, l'ont discordante, cassée, enrouée, grasse, embarrassée, bruyante ; ou bien faible, courte, lente, aigre, glapissante. D'autres ont l'heureux avantage de proférer les sons les plus mélodieux : leur voix est étendue, flexible, douce, coulante, agréable, harmonieuse, et porte au cœur l'expression des sentimens qu'elle veut peindre.

La voix est une des fonctions de relation les plus importantes. Elle sert à exprimer nos premiers et nos plus intéressans besoins. Elle peint toutes les sensations qu'il est indispensable à l'homme de manifester pour la conservation de son être, pour établir des rapports avec ses semblables et plusieurs classes d'animaux. La parole, cet ingénieux mécanisme de convention, n'est que le complément de la voix : celle-ci exprime les sensations, celle-là les développe, les propage. La voix représente nos plus pénibles comme nos plus chères affections; par elle, l'être souffrant exprime les angoisses, le désespoir qui le dévorent; par elle le voluptueux peint les douceurs de la félicité sensuelle : les cris perçans, les sanglots étouffés, les tendres soupirs, les éclats de rire sont le produit naturel des tristes ou agréables situations qu'ils annoncent.

La voix excite tour-à-tour les passions les plus violentes et les plus tendres; elle fait naître la colère, l'indignation, la fureur, la compassion, la crainte, la terreur panique; elle inspire de doux sentimens, des sensations agréables, des ravissemens, des transports amoureux, l'extase. La voix est le langage primitif, universel; c'est celui de la simple nature ; il est commun à tous les animaux pourvus de *trachée*. Le mugissement du lion, le hennissement du cheval, le croassement du corbeau, le bourdonnement des abeilles, le chant de la cigalle, le ramage des oiseaux ; enfin toute espèce d'émission de son de la part des animaux, exprime leurs passions et leurs mœurs. Le concert des oiseaux et celui des hommes ne sont que l'expression des sentimens qui se passent chez les uns comme chez les autres. La seule différence qu'il y ait, c'est que les oiseaux n'expriment jamais que ce qu'ils sentent, au lieu que les hommes, doués de la faculté imitative, peignent des situations et des sentimens qui leur sont étrangers, ou qu'ils feignent d'éprouver. En entendant le chant harmonieux de la tendre *Philomèle*, ont est toujours sûr de l'expression naïve de sa joie ; au lieu que les langueurs de l'amour, les impressions les plus sensuelles sont quelquefois chantées par une insensible, par une perfide ou une coquette qui s'applaudit tout bas de sa fourberie, et jouit du plaisir secret de satisfaire son amour-propre en soumettant les adorateurs des belles, qui sont toutes ses rivales.

La voix de l'homme peut donc en imposer, donner lieu à de fausses interprétations et faire des dupes, si l'on s'en rapporte à sa simple expression. Les discours astucieux, la manière dont ils sont débités, les langages d'action sont presque toujours en contradiction avec le ton et les paroles de l'imposteur. Mais il n'est pas donné à tout le monde de reconnaître la discordance qui règne dans les langages d'expression. L'observateur le mieux exercé peut être induit en erreur, prendre pour un défaut d'organisation une discordance artificielle, et porter ainsi un jugement téméraire. Par exemple, il est des êtres d'un caractère fort doux, et qui cependant ont la voix et la physionomie dures; d'autres qui, avec le ton mielleux, les gestes agréables, cachent les plus noirs desseins. Cependant ces dispositions contradictoires sont assez rares; elles s'éloignent des lois ordinaires de la nature, et dépendent d'un vice organique, d'une mauvaise éducation, ou de la dépravation des mœurs. Une voix douce, agréable, coïncide le plus souvent avec des sentimens analogues.

Les qualités de la voix sont variables comme les individus. La plus belle, la plus jolie, celle qui est le plus à désirer, est celle dont l'étendue, la flexibilité et l'harmonie, expriment avec grâce, jusqu'aux nuances les plus délicates, les plus fines, des sentimens et des passions.

- La beauté de la voix fait partie de l'éloquence. Quintilien, Cicéron, la regardent comme une des qualités indispensables à l'orateur. Les comédiens, les charlatans, les prédicateurs, les professeurs de doctrine; en un mot, tous ceux qui parlent en public, en retirent de grands avantages, dans l'art de persuader les peuples, soit qu'ils veuillent les abuser, ou leur annoncer d'importantes vérités.

La beauté de l'organe vocal embellit le corps et l'esprit : elle joue un grand rôle dans l'art de plaire et d'exciter les passions érotiques. Quelle douce émotion! Quel tressaillement voluptueux fait éprouver celle des amans en proie aux désirs brûlans de l'amour, et qui possèdent, au suprême degré, l'art enchanteur d'émettre des sons les plus harmonieux! Que de charmes séducteurs étale une jeune beauté qui fait résonner une voix flexible et mélodieuse, se prêtant avec facilité à l'expression délicate des sensations et des mouvemens de l'âme les plus pathétiques! Elle enchante, elle persuade; tout cède à sa voix : les cœurs glacés sont émus; les cœurs sensibles savourent le bonheur de l'entendre.

Lors même qu'il n'existe aucun vice d'organisation, que les organes sont parfaitement sains, il ne convient pas, si l'on veut jouir des avantages de posséder une belle voix, d'abandonner son développement aux seules forces de la nature. Il faut aider, diriger cette nature, et ne jamais la contrarier. L'insouciance, l'affectation d'un mauvais ton, l'ignorance du beau, peuvent faire négliger les soins les plus salutaires, dans l'exercice de cette impor-

tante fonction ; faire contracter des habitudes désagréables et ridicules. C'est prin-
cipalement depuis l'enfance jusqu'à l'âge
adulte que l'on doit cultiver sa voix. Passé
cette époque, les organes vocaux ont acquis tout leur accroissement, et il devient,
sinon impossible, au moins très-difficile,
d'en corriger les défauts d'habitude.

L'enfant tourmenté par des besoins que
méconnaît l'ignorance de sa nourrice, ou
auxquels sa coupable négligence refuse de
satisfaire, pousse des cris perçans, qui,
par leur fréquence, peuvent causer un
centre de fluxion vers le *larynx*, en déterminer l'engorgement chronique, et altérer ainsi pour toujours le timbre de cet
organe. L'exposition habituelle à un air
froid, les changemens brusques de température, produisent le même effet. L'u-
sage trop long-temps continué du laitage,
de la bouillie, relâche la fibre, la rend
molle, lui ôte son ressort, son énergie,
et procure un état de faiblesse général
auquel participent toutes les fonctions.

Les alimens âcres, acides, les liqueurs fermentées, seraient, à cet âge, bien plus nuisibles encore qu'à toute autre époque de la vie.

Les enfans, imitateurs de toutes nos actions, lorsqu'ils en sont capables essayent leur voix, la modèlent sur toutes celles qu'ils entendent; il est donc important de les habituer de bonne heure à bien prononcer et à émettre des sons de bonne qualité. Le chant, la musique, auront sur eux la plus heureuse influence. Si au contraire ils n'ont jamais entendu que le *fausset* de leur nourrice, ses chants monotones et soporifiques, il faudra un grand effort de la nature et de l'art pour détruire les effets discordans de l'habitude d'entendre une voix si mal éduquée, ou essentiellement viciée.

A mesure que l'enfant grandit, son *larynx* se développe, prend de la consistance et vers l'âge de sept à huit ans, il devient propre à rendre des sons bien formés, clairs, grêles et très aigüs. Cette voix que

l'on a nommée *haut dessus* à cause de
sa grande é évation, se conserve ainsi jusqu'à
l'âge de puberté, temps où elle éprouve
un changement total. La durée plus ou
moins longue de cette époque est souvent
orageuse. L'exercice mal ordonné, son
excès ou son défaut, est nuisible au développement de l'organe vocal (*le larynx*).
Si les jeunes personnes s'efforcent de chanter avant que cette mutation soit opérée,
si elles exercent trop souvent leur débile
voix sur des airs élevés, qui exigent de
longues et fortes inspirations, l'effort d'exécution est insuffisant et l'accroissement de
l'organe interrompu : il s'accoutume à rendre des sons mal formés et rauques, cette
disposition persiste long-temps, elle peut
même se changer en un vice organique
incurable.

Dès son bas âge mademoiselle P. avait
contracté la mauvaise habitude de chanter
journellement du matin au soir. Loin d'être
un motif d'interrompre sa *musico-manie,*
l'époque de la puberté ne lui inspira que

plus d'ardeur : son appartement (près duquel j'avais le malheur de loger) ne cessa de retentir des airs les plus aigus et les plus mal exécutés. Sa voix déjà tremblante ne tarda pas à devenir rauque, et menaçait de s'éteindre lorsque je fus prié d'opposer les ressources de l'art. A la prescription des remèdes que je crus convenables, je joignis la recommandation spéciale de s'abstenir de chanter pendant long-temps. Mais mademoiselle P. attribuant son indisposition à d'autres circonstances ne voulut point s'interdir l'excessif usage du chant : aussi conserve-t-elle encore sa voix tour à tour glapissante et enrouée.

Que les mères jalouses de la voix de leurs enfants veillent donc à ce que l'exercice n'en soit jamais forcé. Un chant facile et de peu de durée, est propre à entretenir la souplesse de l'organe et à le disposer à une exécution plus relevée, lorsqu'il en sera capable vers la fin de son accroissement, qui a lieu immédiatement après la puberté.

Alors la voix est formée : elle est presque ce qu'elle doit être, quant au volume et à l'étendue; cependant elle est encore susceptible de perfection. Elle demande l'application de plusieurs préceptes pour se conserver, et prévenir des altérations ultérieures.

Pour améliorer sa voix, il faut entendre souvent des airs exécutés avec précision; les suivre, les étudier, les analyser, et les réciter fréquemment jusqu'à ce qu'on ait bien saisi l'ensemble et les parties, que l'intonation réponde parfaitement à la valeur absolue et relative des notes. L'habitude d'entendre une voix distincte, bien développée, douce, agréable, mélodieuse; le plaisir qu'elle cause, peuvent produire les plus heureux résultats sur l'organe vocal.

Ceux qui sont favorisés d'une belle voix doivent, pour en conserver la souplesse et l'énergie, s'abstenir d'alimens âcres et acides. Les noix, les amandes, les groseilles, les grenades, les fruits acerbes (1); l'usage immodéré des liqueurs spiritueuses (2); les boissons trop chaudes ou trop froides, enfin toute chose irritante nuit à la beauté de la voix. Il en est de même des plaisirs énervans, du travail de cabinet, des veilles prolongées, du défaut d'exercice (3). En général, les hommes de lettres, qui pour l'ordinaire chantent très-peu, ont une assez mauvaise voix. Il faut éviter de chanter immédiatement après le repas, à l'exposition d'un vent froid, à la suite d'une course, et aussitôt après avoir sacrifié à Vénus.

_____

(1) Néron ne mangeait pas de pommes dans la crainte d'altérer sa voix; *abstinere pomis, cibisque officientibus solebat.*

Suéton, in Néron. Cap. 20.

(2) La voix des ivrognes en est la preuve.

(3) Pour favoriser la voix, *Fabius* conseille la promenade, les frictions, la continence et la frugalité. *Ambulatio, unctio, veneris abstinentia, ciborum digestio, id est, frugalitas.* Lib. II, c. 3.

LANGAGE D'ACTION.

La beauté reçoit de nouveaux charmes des attitudes et des gestes. Sans eux elle n'inspireroit qu'une froide admiration : ses belles formes seraient muettes et sans vie. La mobilité, l'expression animent tout : elles peignent la manière d'être la plus délicate, la plus subtile, celle qui échappe à la parole. Quelle expression! Quelle rapidité dans la communication des sentimens par le langage d'action! Un geste, un seul regard, peut exprimer des phrases, des périodes entières. Ce mode de relation est *instinctif*; il ne suppose aucune réflexion ; il a souvent lieu sans que la volonté y participe. Il suffit de l'impression mentale pour le déterminer subitement. Son intelligence est universelle; elle est dans la nature de l'homme; le sourd-muet, le sauvage, les peuples civilisés l'entendent également bien. Les paroles qui expriment la joie ou la tristesse sont conventionnelles et variables comme les peuples qui les ont adoptées. Les situations et les gestes qui représentent ces affections offrent un ensemble de signes qui parlent le même langage à tous les yeux qui l'observent. L'action de marcher, les attitudes, les gestes qui vont nous occuper, constituent le langage d'action.

PROGRESSION, OU ACTION DE MARCHER.

Tous les êtres animés sont doués d'instinct (1), ou d'intelligence qui ne varie que du plus au moins; et c'est encore une question de savoir si les seules propriétés de la raison de l'homme doivent suffire pour l'élever au premier rang. Mais son caractère le plus distinctif, celui qu'il possède exclusivement, c'est la faculté de marcher dans une position verticale. Cette imposante et majestueuse position commande

_____

(1) Si c'était ici le lieu, nous démontrerions que l'instinct n'est autre chose que les rudimens de l'intelligence; ou en d'autres termes, une intelligence trop prompte, trop faible pour être aperçue et soumise à la volonté.

le respect, inspire la crainte et la soumission à la plupart des animaux, qui semblent reconnaître l'espèce humaine pour
une famille de Rois maîtrisant l'univers :
si, sans être anatomiste, l'auteur d'Emile
avait su remarquer la direction du trou
occipital, la disposition des yeux, etc., avec
les premières notions de physique, il aurait vu que la marche de l'homme dépend
de sa conformation, et il n'aurait pas
avancé l'extravagant paradoxe qui nous
assimile aux quadrupèdes (1). C'est ainsi
que l'ignorance des hommes à imagination
exaltée, leur fait établir en principes des
erreurs grossières sur lesquelles ils fondent
des systèmes qui séduisent la multitude !

Les conformations défectueuses, l'état
d'embonpoint etc., ne sont pas les seules
causes des marches vicieuses. Une mauvaise
éducation, le genre de vie et d'occupation

---

(1) On sait que J.-J. Rousseau a prétendu que
l'homme était un quadrupède, et que sa progres-
sion sur deux pieds n'était qu'un effet de l'é-
ducation.

font contracter des habitudes désagréables, qu'il est souvent impossible de corriger. Ceux qui sont susceptibles de profiter des préceptes dans l'art de mouvoir leur machine, doivent, pour bien marcher, observer les conditions suivantes. La tête doit être noblement portée, libre et dégagée des épaules : sans paraître immobile elle n'exécutera aucun geste ; les bras doivent être dans la position qui leur est naturelle lorsqu'on est debout : ils obéiront sans effort aux impulsions alternatives qui leur seront communiquées par le mouvement de totalité du corps qui doit toujours être droit et souple ; pour avoir de la grace et de l'assurance, les membres inférieurs seront dispos, prompts et fermes dans l'exécution; les talons devront être éloignés l'un de l'autre d'environ cinq centimètres (18 lignes), et les pointes des pieds tournées en dehors, de manière à ce qu'elles forment un angle ouvert de 40 a 45.° En agrandissant ainsi la base du centre de gravité, cette disposition a l'avantage de donner au corps

plus de stabilité et de grace. Le parallé-
lisme des pieds serait désavantageux : on
ne pourait même le conserver qu'en écar-
tant les jambes autant qu'il serait nécessaire pour maintenir l'équilibre du corps,
ce qui occasionnerait une marche lourde
et pénible.

Une démarche agréable n'est pas sans
quelque prestige. Les qualités de l'âme, les
passions les plus sensuelles peuvent être
exprimées par les mouvemens progressifs,
dont les charmes causent l'admiration des
amateurs. La fierté, l'orgueil, le pédantisme marchent avec impudence ; la majesté, la noblesse s'avancent avec une gravité imposante ; la probité, la science, sans
affectation ; la fatuité en gesticulant. La
folie, court, saute ou s'arrête sans but,
sans intention ; la volupté s'achemine nonchalamment en exécutant des inflexions im-
pudiques ; la candeur, la grace et la bonté
réunies, se présentent avec aisance et simplicité.

ATTITUDES.

Les attitudes sont déterminées par la disposition physique et morale de l'homme et les circonstances dans lesquelles il se trouve. Le misanthrope, l'homme du monde, le courtisan, l'orgueilleux, l'impudent, le fat, l'inepte, la femme coquette, la précieuse, la prude, la modeste, etc., sont caractérisés par les attitudes (1). Pour faire remarquer celles qui nous paraissent vicieuses et ridicules, nous allons nous introduire dans un de ces brillans salons où se rencontrent des personnages de divers caractères. A l'heure de la réunion, des comtes, des barons, des politiques, des philosophes, des poètes, des élégantes, etc. etc., sont introduits et reçus avec les honneurs dus à leurs fortunes ou à leurs opinions.

_____

(1) » Un sot, ni n'entre ni ne sort, ni ne s'assied, ni ne se lève, ni ne se tait, ni n'est sur ses jambes, comme un homme d'esprit. »

Labruyère, t. prem. p. 145.

Les fats font les officieux, les coquettes se mirent, les tables de jeu sont dressées, les amateurs s'en emparent; le cercle des causeurs se forme; les maintiens se composent; chacun est prêt à jouer son rôle. Un chaud politique, Machiavel moderne, porte gravement la parole. Les révolutions des empires, les causes de prospérité des états, fournissent matière à son *éloquent* discours. L'orateur s'exprime avec énergie; il s'efforce de fixer l'attention par une mâle assurance; et prend, suivant l'élévation de ses idées gigantesques, le ton et le maintien d'un Lycurgue ou d'un César. Le corps roide, légèrement incliné à gauche, le pied droit en avant, le jarret tendu, le bras droit élevé en arc à la hauteur de la tête, le gauche en arrière et en bas, les yeux étincelans, le sourcil froncé, la face animée; il semble, dans cette posture impérieuse vouloir déjà commander aux peuples, en vertu des lois que son extravagante imagination vient de concevoir, et qu'il pense être les seules capables de vaincre l'indocilité, et de comprimer la fougue des passions subversives. Pendant que l'attitude *tragique* de ce déclamateur offre le contraste le plus comique avec la stérilité de sa froide harangue, j'aperçois des figures plaisantes qui y prennent la plus grande part. Un quidam de province, rhéteur dans son village, *gobe-sciences* à Paris, est immobile d'admiration : les jambes à demi-fléchies, les bras éloignés du corps, la main en patte-d'oie, le cou allongé, la bouche béante, le regard étonné, il présente ainsi l'original de la caricature la plus grotesque. Un jeune turbulent s'agite sans cesse, en affectant une impétuosité martiale qui décèle sa suffisance. Cette femme, demi-savante, veut aussi se mêler de la partie : elle serait jolie ; mais son air sombre, son sérieux réfléchi, sa physionomie contractée, ses paupières clignotantes, effarouchent les amours et font déserter les graces. Laissons-là ce comité politique et portons ailleurs nos regards.... Quel est cet homme si richement vêtue, qui lève orgueilleusement la tête, et regarde avec fierté ceux qu'il daigne interroger? c'est M. le comte De...., qui vient d'obtenir des lettres de noblesse pour avoir su ramper à la cour et s'enrichir aux dépens de l'État. Et ce pédant, une main dans la poche et l'autre au menton, le dos opposé à cette vénérable dame, pense-t-il, avec son air rêveur, son regard distrait, ses yeux errans, nous faire accroire que ses sublimes méditations et son génie poétique, lui prédisent qu'Apollon lui réserve des lauriers pour le couronner sur le mont sacré de la Phocide ?... Ce docteur orgueilleux, ce philosophe de société, ce magistrat de salon qui allèguent à tous propos Hippocrate, Platon et Cicéron, sont-ils moins ridicules dans leurs graves attitudes et leur sérieux de glace? Leur imposante gravité se trouverait-elle compromise s'ils daignaient dérider leur vénérable front? Remarquez ce tartuffe, qui semble interdire l'œuvre de la chair à cette jeune veuve: la chas-

teté est dans son humble maintien, l'amour
dans ses regards furtifs, et l'équivoque
dans ses discours. Quelle indécente posture nous offre ce gastronome, ce Lucullus
nonchalamment assis dans cette molle ber-
gère, où il ne rêve que pâtés d'Amiens et
Champagne mousseux ; ne voyant pas que
l'on se moque de son énorme rotondité et
de son triple menton. Il disserte sur la cuisine des anciens ; il sait Berchoux (1) par
cœur ; mais il n'a jamais lu les préceptes
de Plutarque sur la santé ; véritable prêtre
de *Comus*, il ignore ou méprise les règles
de la décence : ennemi de la gêne il ne
saurait les mettre en pratique, pas même
dans les cercles du meilleur ton. A droite
de ce *Gargantua* est un *Grégoire* en belle
humeur, à qui les subtiles vapeurs de la
grappe causent des illusions d'optique, et
lui font commettre certaines incongruités
dont il ignore l'inconvenance. Le corps mal
assuré, le regard fixe, les yeux hébétés,

_____

(1) Auteur du poëme de la *Gastronomie*.

les paupières à peine ouvertes, la bouche
de travers, il paraît moins disposé à s'observer dans son maintien, et à dire des
choses sensées, qu'à donner un libre essor
à ses mouvemens désordonnés, en bégay-
ant quelques discours burlesques et sans
suite, ou fredonnant avec enthousiasme un
refrain bachique, dont il veut faire admirer
les beautés qu'il croit apercevoir à travers
le prisme de l'erreur.

Ce groupe de petits maîtres et d'élégantes se fait également remarquer par des
contorsions et des *grimaces;* tout est affecté
dans les contenances, tout est ridicule,
par ceque rien n'est naturel.

Nous pourrions étendre encore cette
description critique : les défauts des diverses attitudes de l'homme en société, sont
innombrables.

Le maintien le plus convenable dans
tous les cas, est celui qui ne choque point
les convenance établies, et qui a des rapports agréables avec les sentimens, et la
condition physique et morale de la per-

sonne. Nous avons connu en Lorraine, deux demoiselles fort bien élevées d'ailleurs, mais qui, lorsqu'elles étaient en société, paraissaient être de véritables statues. Pendant toute une soirée, elles gardaient complaisamment l'attitude que leur mère avait eu la sottise de leur ordonner dans l'intention de les rendre plus intéressantes. Cette apparence de timidité, loin de prévenir en leur faveur, annonçait plutôt une situation automatique et stupide qu'une heureuse simplicité... De la réserve et de la modestie sans contrainte, de l'aisance sans effronterie, de la noblesse sans fierté, de la grace sans affectation, voilà ce qu'il convient de pratiquer pour se tenir décemment et agréablement.

GESTES.

Tout mouvement des membres et de la tête qui exprime une idée ou un sentiment intellectuel est un geste. Cicéron (1), Quin-

---

(1) Cic., orat.

tilien (1), Fénélon (2), l'abbé Dinouart (3), etc., ont écrit sur les règles et l'expression du geste dans l'éloquence du corps; il nous suffira d'établir ici quelques propositions relatives à notre objet.

En général, les gestes étant moins nombreux que les paroles, ils ne doivent pas avoir lieu avant que l'idée soit annoncée par un ou plusieurs mots (4). Le langage parlé décrit la pensée; celui d'action confirme la description, lui donne de l'énergie, de la finesse et de la grace.

La tête exécute des mouvemens en tous sens, qui sont employés dans l'expression des phrases affirmatives et négatives, dans plusieurs circonstances oratoires et pathé-

---

(1) Lib. I, cap. 13.

(2) *Dialogue sur l'Eloquence.*

(3) *Eloquence du corps dans le ministère de la chaire.* Ce livre est une compilation de tout ce qu'ont écrit les auteurs, sur cette matière.

(4) *Debet subsequi gestu, non verba exprimens, sed universam rem et sententiam.* (Vide *Cic.,* orat. 220.)

tiques. Quel que soit le geste de la tête, il doit naturellement être dirigé par le caractère de l'idée qui le fait naître, et s'exécuter pour ainsi dire sans intention. Il faut aussi que le visage exprime la même pensée. Les petites inclinaisons, les faibles mouvements de demi rotation, exécutés avec plus ou moins de vîtesse et de grace, suivant les cas, sont préférables à ces grands penchemens de tête, à ces tournoiements brusques et précipités, lents et étendus, qui portent la face de l'une à l'autre épaule, avec une alternative automatique à l'instar des marionnettes.

Les mouvemens de l'épaule et des membres inférieurs sont d'un faible usage comme gestes, et ne sont d'aucune importance à la beauté (1). Ceux des bras au contraire sont extrêmement variés et des plus expressifs dans l'art de plaire comme dans celui de persuader.

---

(1) Il n'est pas question ici de leur exercice dans la danse.

Dans le style familier les gestes des membres supérieurs doivent être peu nombreux et exécutés sans la moindre apparence d'art. Autant un mouvement léger et naturel du bras ou de la main a de grace et d'expression, autant leur action affectée est ridicule. Les gestes qui ne sont pas déterminés par le sentiment, l'esprit et la grace constituent les gesticulations; ils annoncent une volubilité irréfléchie, un esprit superficiel, dont les moyens de s'exprimer sont en contradiction, et n'offrent que des idées confuses. Les gesticulateurs semblent vouloir se dédommager du peu de solidité de leur esprit par la précipitation de leurs mouvemens désordonnés. L'homme qui pense, la femme modeste, font peu de gestes; l'usage du monde ne leur en inspire que de naturels et d'agréables. La frivolité la coquetterie, la fatuité en produisent d'extravagants qui choquent la raison et ne séduisent que les sots admirateurs.

L'affectation, la lenteur ou la trop grande vitesse donnent au geste une expression incohérente et ridicule. L'esprit, la finesse, l'élégance dans son exécution, en font le charme et la beauté.

Nous nous permettrons de transcrire ici des vers assez plaisans, extraits du poëme de *Sanlecque* sur les mauvais gestes de ceux qui parlent en public :

« Songeons à ce docteur , dont la voix pédantesque
Donne un nouveau relief à son air soldatesque.
Vous le voyez toujours campé comme un tuteur ,
Avec ses poings fermés morguer son auditeur.
Il semble , quand il veut pousser un syllogisme ,
Qu'il appelle en duel tout le Christianisme ;
Ou que, de sa fureur nous prenant pour témoins ,
Il veuille défier le diable à coups de poings.
. . . .
Je connais parmi nous certains sots immodestes ,
Qui pour un mot tout seul vont vous faire cent gestes :
J'en sais d'autres aussi pour le moins aussi sots,
Qui pour un geste seul vont vous dire cent mots.
Mais du geste et du sens la mesure pareille
Doit autant charmer l'œil qu'elle charme l'oreille.
Si le geste et le sens sont toujours de complot ,
Un seul geste jamais ne dément un seul mot.
Sur-tout , n'imitez pas cet homme ridicule ,
Dont le bras nonchalant fait toujours le pendule.
Au travers de vos doigts ne vous faites point voir,
Et ne nous prêchez point comme on cause au parloir.
Chez les nouveaux acteurs c'est un geste à la mode

Que de nager au bout de chaque période.
Chez d'autres apprentis on passe pour galant,
Lorsqu'on écrit en l'air et qu'on peint en parlant.
L'un semble d'une main encenser l'assemblée;
L'autre à ses doigts crochus paraît avoir l'onglée.
Celui-ci prend plaisir à montrer ses bras nuds :
Celui-là fait semblant de compter ses écus,
Ici, ce bras manchot jamais ne se déploie :
Là, ces doigts écartés font une patte-d'oie.
Souvent, charmé du sens dont mes discours sont pleins,
Je m'applaudis moi-même et fais claquer mes mains.
Souvent je ne veux point que ma phrase finisse,
A moins que pour signal je ne frappe ma cuisse.
Tantôt quand mon esprit n'imagine plus rien,
J'enfonce mon bonnet qui tenoit déjà bien.
Quelquefois, en poussant une voix de tonnerre,
Je fais le timballier sur le bord de ma chaire. »

PHYSIONOMIE.

La physionomie ou l'expression des organes et des traits du visage, a été le sujet des plus profondes méditations des philosophes, des savans qui ont senti de quel avantage serait la parfaite connaissance des passions de l'homme par l'inspection de son extérieur. Mais leurs nombreuses observations, leurs ingénieuses remarques, en donnant essor à leur imagination, n'ont encore produit que des systèmes peu sûrs, souvent même ridicules par la manie de vouloir tout expliquer. L'assurance avec laquelle on a voulu en préconiser l'exactitude des principes, l'a fait prendre pour du charlatanisme. Le célébre *Buffon* ne craint pas d'avancer qu'il n'y a rien de plus chimérique (1). Cependant, quoique les inductions que l'on peut tirer des connaissances acquises sur la physionomie soient dépourvues de ce dégré de certitude qui caractérise les autres sciences, dont les élémens sont mieux connus, et les théories mieux expliquées, il n'en est pas moins vrai (et personne ne l'ignore), que la configuration générale et particulière du corps présente des caractères si distinctifs, qu'ils sont les seuls qui servent aux physiolo-

(1) Comment, après avoir dit que «l'âme est peinte par la physionomie,» *Buffon* a-t-il pu terminer le tableau des expressions organiques, par une proposition aussi contradictoire avec ce qu'il a si bien décrit précédemment. (Voy. son *Hist. de l'Hom.*, chapitre de l'*Age viril.*)

gistes à déterminer les tempéraments, et
à expliquer les affections des hommes. La
physionomie est une branche de la physiologie : sous ce rapport elle doit être
considérée avec autant de respect, et traitée
avec la même importance que la science
des êtres vivants de laquelle elle est inséparable : elle est susceptible de la même exactitude, dans ses résultats. Celui qui, pos-
sédant quelques notions des phénomènes
de la vie, aura souvent observé les physio-
nomies, les aura analysées et comparées
avec les affections morales qui leur sont
propres, acquerra une idée généralement
vraie de la manière d'être morale de l'individu qu'il observe ; et les exceptions aux
règles générales qu'il établira, seront d'autant plus rares qu'il donnera moins d'extension au jugement fondamental qu'il en
aura porté. Les détails de cette science ne
sont douteux que parce qu'ils n'ont pas
encore été bien observés. Ses principes généraux, parmi lesquels je comprends ceux
de la cranologie, sont si certains, si faciles

à reconnaître qu'il est impossible par exemple de confondre, par l'expressions physique, un homme de génie, je ne dirai pas avec un idiot, mais avec un homme d'esprit; un indolent avec un passionné. La méchanceté, la douceur, l'ambition, les passions tristes ou gaies, ne viennent-elles pas se peindre sur le visage? Est-il permis de les méconnaître? Enfin l'homme diffère-t-il en cela de tous les autres êtres animés, qui présentent des caractères extérieurs en rapport avec leurs passions et leurs mœurs. Addison a dit, d'après les anciens, que la physionomie en général, n'est autre chose que la disposition extérieure de l'âme (1). Que les savans détracteurs de la physionomie cessent donc d'être étonnés de la possibilité de juger de l'homme par sa disposition apparente, et de considérer

---

(1) ....The air is generally nothing else but the inward disposition of the mind made visible.

(The Spectator, *Discourse on Physiognomy.*)

comme chimérique des connaissances qui reposent sur des principes physiques. Cette manière de voir, si peu philosophique, ne pourrait être adoptée que par ceux qui ignorent les lois en vertu desquelles ils agissent. Pour parler plus sagement on aurait pu dire que cette science est imparfaite; qu'elle n'est encore composée que de connaissances éparses, mais susceptibles de former un corps de doctrine à une époque plus ou moins reculée. En effet, n'est-il pas possible qu'un jour quelque savant physiologiste doué de la faculté de bien observer, de voir une multitude de rapports, de les comparer et d'en déduire les conséquences naturelles, puisse, au grand étonnement de ceux qui croyent impossible ce qu'ils ne conçoivent pas, nous découvrir et nous expliquer les ressorts qui nous restent à connaître, et qui lient si étroitement le moral aux caractères physiques extérieurs de l'homme? Alors la *physiogno monie* (1) occuperait le rang qui lui est dû parmi les connaissances physiques.

Les avantages de la physionomie sont inappréciables. La bonne éducation, la modestie, la candeur, la bonté, la sensibilité etc. viennent se peindre sur le visage. Le teint, les yeux, le nez, la bouche, les lèvres, le menton, les traits sont les interprètes muets et naturels des sentimens d'un cœur sincère et bon. Pourquoi faut-il que l'hypocrisie en dénature si souvent la véritable expression, ou plutôt la rende si difficile à reconnaître !

« Et ne devrait-on pas à des signes certains
» Reconnaître le cœur des perfides humains (2) ? »

Racine.

Noble maintien, port majestueux, ges-

---

(1) Mot nouveau inventé par Lavater, pour signifier la connaissance des caractères extérieurs du corps.

(2) Pour avoir des connaissances en physionomie, on peut consulter la plupart des physiologistes anciens et modernes ; Buffon, *Hist. nat. de l'hom.* ; Vinkelman, *Traité de l'art* ; et sur-tout le fameux *Lavater* ; (édition de M. Moreau de la Sarthe.)

tes expressifs, admirable physionomie, langage universel! Quel poëte sera digne de vous chanter! Quel *Appelles* moderne, osera d'un pinceau hardi peindre toutes vos beautés, l'énergie et la délicatesse des sentimens que vous exprimez! Vous pouvez exercer l'imagination la plus féconde, le génie le plus profond, et assurer l'immortalité à l'heureux favori des Muses qui s'élèvera glorieusement à la hauteur de son sujet.

ARTS D'AGRÉMENT.

La Géographie, l'Histoire, l'Astronomie, la Mythologie, la Peinture, qui font partie des connaissances que l'homme doit avoir

---

On doit se défier des ouvrages sur la Physionomie, faits par des gens qui n'ont d'autre mérite que celui d'homme de lettres. Ceux qui ignorent les lois de l'économie animale sont incapables d'écrire avec succès sur cette matière : ils ne peuvent que donner une fausse idée de ce qu'ils veulent enseigné d'après leurs systèmes purement imaginaires.

9

dans un but d'utilité, ne doivent occuper les Dames que pour orner leur esprit. La vivacité de leur sensibilité, la facilité de leur mémoire leur en feraient saisir plus promptement qu'à nous, plusieurs des nombreux rapports; mais, l'attention soutenue, les sérieuses réflexions qu'exigent ces sciences et ces arts, pour être approfondis, fatigueraient trop leur imagination qui aime à s'exercer sur des sujets peu abstraits et amusans. La musique, la danse, le dessin leur offrent de quoi occuper leurs loisirs.

CHANT, MUSIQUE.

Le chant ou la musique consiste dans des sons convenablement modifiés pour être agréables à l'oreille, embellir le tableau des sentimens, développer le sujet principal, l'orner d'accessoires charmans et l'animer de l'éclat des plus vives couleurs. Le chant naturel est aussi ancien que le monde. La musique réduite en art est une découverte due comme toutes les autres connaissances à l'observation de la nature, et aux progrès de l'esprit humain. Quelques savans prétendent que les roseaux d'Egypte, à qui des courans d'air font rendre des sons, en ont donné la première idée. Il est certain que les phénomènes de la nature sont la cause première de toutes les découvertes, mais il n'est pas démontré que ce soient les roseaux des bords du nil qui aient donné lieu à la musique instrumentale. Au reste, que nous importe qu'elle ait pris naissance en Egypte, au Japon, à la Chine; nous ne voulons traiter ici ni de son origine qui se perd dans la nuit des temps, ni de ses principes qui en font une science particulière. Nous dirons seulement, que tous les tons possibles sont des productions intermédiaires de l'aigu au grave. Les notes servent à marquer, à réunir ou à séparer, à ralentir ou à accélérer les fractions de la voix. De l'ingénieuse combinaison des notes, de la facilité de bien rendre leur valeur de con-

vention résulte l'harmonie musicale (1).
Les notes sont à la musique ce que les lettres sont à la parole. Cette dernière n'est
pas nécessaire au chant : les hommes ont
dû faire de la musique avant de savoir prononcer des mots, puisque ceux-ci sont des
sons composés, et que, rigoureusement
parlant, proférer de simples sons, c'est
chanter (2).

Si l'on juge de l'importance d'une science
par les grands hommes qui s'en sont sérieusement occupés, la musique devra être pla-
cée au premier rang. Un grand nombre de
philosophes et de poëtes de l'antiquité en

---

(1) L'harmonie musicale est l'accord agréable qui
règne entre les sons, la mesure, et le sens naturel
du sujet : la mélodie consiste dans la modulation
agréable des sons.

(2) Le Samskret, langage des Brames, que l'on
dit être le plus ancien, est un idiôme noté et musical; la dernière syllabe de *bedereo* est une espèce
de point d'orgue qui dure près d'une minute.

(*Hist. philos. et polit.*, tom. 1, p. 58, éd. d'Avignon, 1786.)

ont fait une étude approfondie; tels sont
Phœnicius, Chiron, Terpander, Thalès,
Pythagore et ses sectateurs, Homère, Timothée, etc. Hermès, Platon, les Pythago-
riciens prétendaient que « tout dans l'univers étoit musique. Hesychius dit, que les
Athéniens donnaient à tous les arts, le
nom de musique. » (*Encycl. art. musiq.*)
Une pareille extension, peu faite pour donner une idée exacte de cet art, fait néanmoins voir l'importance que les anciens attachaient à sa connaissance. Ils le culti-
vaient pour développer leur génie, faciliter
l'intelligence des autres sciences, et sur-
tout pour peindre et influencer les passions de tout genre. En effet tout est sensible à la musique, les hommes et les animaux; les corps bruts sont quelquefois mus
par le bruit musical. Le frappement de l'air
extérieur qui résulte de l'émission du son,
leur fait éprouver un frémissement qui
peut même les briser s'ils sont de nature
fragile. On rapporte à cet égard des faits
surprenans et qui paraissent avoir donné

lieu à ces ingénieuses fictions d'après lesquelles on prétend qu'Amphion rebâtit Thèbes au son de sa lyre; et que les arbres, les rochers quittaient leur place, les fleuves suspendaient leur cours, et les bêtes féroces s'attroupaient autour d'Orphée lorsqu'il faisait entendre les accords de sa lyre enchanteresse.

Voici la signification que donne Horace à ces hyperboles fabuleuses :

Prêtre des dieux , Orphée aux sauvages mortels
Donna des lois, des mœurs, un culte et des autels :
Sa lyre amollissant leur féroce courage,
On dit que des lions il adoucit la rage.

(Épît. 3, liv. 2, *Traduction de Lefevre-la-Roche*.)

L'influence de la musique sur l'homme et les animaux diffère suivant la sensibilité particulière à chaque individu. L'homme n'est peut-être pas le plus sensible, mais il est l'être dont la faculté appréciative est le plus développée. Le son qui ne produit qu'une impression purement physique sur l'animal, peut être pour l'homme la représentation d'un sujet physique ou mo-

ral qui le fasse agir de mille manières,
d'après le mode de sensibilité qui lui est
propre. La musique produit des effets d'une
apparence merveilleuse. La médecine en
retire de grands avantages. Par son secours elle guérit plusieurs maladies morales et même physiques. La musique séduit le cœur et les sens. Elle sert le conquérant dans les combats : elle inspire le
courage, détruit la prévoyance pusillanime,
produit la véritable *cranerie*; et le soldat
sensible à la musique guerrière ne connaît
ni frein ni raison : le péril l'anime; il devient intrépide; son délire furieux ne voit
que carnage; il court au combat, et plonge
impitoyablement son glaive dans le sein de
son ennemi.

De même l'amant dont l'oreille attentive
recueille avec délice les sons mélodieux que
rendent la voix et la harpe de son amie, se
sent électrisé; tout son être nage dans le plai
sir; la force de l'impression lui fait oublier
tout ce qui est étranger à son amante ou à
son affection pour elle; son imagination

enflammée lui représente l'objet de son amour sous l'aspect le plus ravissant. Eût-il mille défauts, ses yeux épris n'en apperçoivent aucun; son esprit enivré l'embellit des plus rares qualités, d'agrémens qui l'enchantent.....

La musique peut donc représenter les passions de tous genres, et produire des effets les plus opposés. Lorsque *Timothée* exécutait le mode *Prygien* devant Alexandre, ce monarque entrait en fureur et se calmait ensuite par le mode *Lydien*.

Rollin rapporte (*Hist. anc.* tom. 4 page 538) que Polybe attribue la différence de mœurs de deux peuples d'Arcadie à l'influence de la musique, cultivée par l'un dont les mœurs étaient douces, les intentions bienfaisantes, et négligée par l'autre qui était féroce.

» Platon ne craint point de dire qu'on ne peut faire de changement dans la musique qu'il n'en soit un dans la constitution de l'état; et il prétend qu'on peut assigner les sons capables de faire naître la bassesse de l'âme, l'insolence et les vertus contraires » (1).

Notre révolution nous offre des exemples récens qui confirment l'assertion de Platon. Les airs révolutionnaires ont eu plus d'influence que les écrits. Celui de la chanson dite la Marseillaise, a fait plus de partisans que le plus célèbre orateur d'Athènes. L'air chéri d'Henri IV gagne tous les cœurs.

O Musique ! quels sont tes charmes lorsque tu peins les passions les plus nobles, les sentimens les plus tendres! Quel mortel honnête et sensible peut résister à ton influence? quel cœur de rocher ne céderait pas à ton harmonie?

Grétry, dans ses *Essais sur la musique*, rapporte une anecdote qui mérite d'être citée.

» Je me trouvais, dit-il, quelques jours

_____

(1) voy. l'*Encycl.* art *musique* : il renferme une foule de faits surprenants sur l'influence de la musique.

après que j'eus donné l'opéra de *Lucile*, chez un homme qui s'était opposé infructueusement au mariage de son frère. La jeune épouse, belle comme Vénus, se présente chez le frère de son mari, elle y est reçue très-poliment, c'est-à-dire froidement. Cependant comme j'aperçus que les caresses de la Dame jettaient du trouble dans le cœur de son beau-frère, je les engageai à s'approcher du piano; je chantai le quatuor (*Où peut-on être mieux qu'au sein de sa famille?*) avec effusion de cœur, et j'eus le plaisir de voir après quelques mesures, le frère et la sœur s'entrelacer de leurs bras en répandant des larmes bien douces, celles de la réconciliation. »

On a fait, à l'occasion de la mort du fameux Grétry, la gloire des musiciens Français, un quatrain dont la pensée ingénieuse et figurative honore à la fois la musique, le héros et l'auteur; le voici :

« Pour charmer l'ennui de la route
Grétry, sa lyre en main, traversait l'Achéron.

Ramez donc, dit-il à Caron;
Que faites-vous? j'écoute. »

Donner à Grétry l'art de captiver l'attention de cet avare nautonier, le plus
imperturbable, le plus insensible person-
nage du sombre empire, c'est le comparer à Orphée dont les accords fléchirent
les divinités infernales qui lui rendirent,
mais pour trop peu de temps, sa chère et
malheureuse Eurydice.

LANGAGE PARLÉ.

Les langues parlées ou écrites, sont
l'âme du commerce, des sciences, des arts,
de la morale: elles développent les facultés
intellectuelles en leur offrant le fruit de
l'expérience. Elles perpétuent à la vérité
les préjugés et les erreurs les plus absurdes,
comme les découvertes et les principes
les plus importans. Sous ce rapport, elles
sembleraient être aussi nuisibles qu'utiles :
c'est la question de savoir si la civilisation
fait plus de mal que de bien. Quelques
philosophes ont osé la décider par l'affir-

mative (1). Sans établir de comparaison
entre les temps babares et les siècles de
lumière, entre le sauvage et l'homme po-
licé, il est facile de voir qu'une pareille
décision n'est qu'un misérable sophisme
réfuté par l'expérience (2).

L'utilité des langues est universellement
reconnue. Des hommes sensés en ont posé
les bases, développé les principes et accru
le génie au moyen des expressions en usage
de temps immémorial, ou de sons mal formés, incohérens, transmis par tradition de
siècles en siècles, de pays en pays.

Les révolutions physiques qu'a éprou-
vées notre globe; la composition et la dé-
composition perpétuelles des corps ensève-
lissent pour jamais la contrée, s'il en fut
une exclusive, qui a vu naître les premiers

----

(1) Le *Discours de J.-J. Rousseau*, couronné par
l'académie de Dijon, tend à prouver que le rétablis-
sement des sciences et des arts a corrompu les mœurs.

(2) Et dans un *Discours latin* traduit par *Boudet*,
religieux Antonin, inséré dans le tom. 25, p. 25, des
Œuvres de J.-J. Rousseau, éd. de Kehl.

humains et le premier idiôme. La Scandi-
navie, la célèbre et douteuse Atlantide,
la Chine, l'Egypte, l'Indostan, se dispu-
tent la primogéniture. Le *Samskret*, l'hé-
breu, le bas-breton (1), ont chacun leurs
partisans, pour soutenir leur prétendu
droit d'aînesse. Mais les médailles, les mo-
numens les plus anciens, les fossilles, les
volcans, les innondations, les desséche-
mens, et les savantes explications qu'en
donnent les naturalistes, les historiens, les
antiquaires les plus profonds, ne laissent
que vague et incertitude... L'homme semble avoir été créé en même temps que la
planète qu'il habite, de laquelle il fait
partie. Il est donc probable, et cette pro-
babilité équivaut presque à une certitude
physique, que les hommes ont simultané-
ment pris naissance sur divers points du

---

(1) *Goropius Becanus*, savant brabançon, mais
d'une autorité suspecte, a publié, en 1580, 1 vol.
in-f°. sur l'*Antique origine de la langue de sa nation.*
Voy. le troisième vol., p. 281 des *Œuvres de Grosley*,
éd. de Patris-de-Breuil.

globe, et qu'étant tous doués de la faculté
d'émettre des sons articulés, il a dû en résulter autant de langages que de familles
isolées. Dans l'hypothèse même où il y aurait eu un premier groupe d'hommes, l'o-
rigine des langues n'en serait pas moins
équivoque et complexe. Des enfants égarés
dans des pays déserts, ont pu être les premiers pères d'un peuple, qui par le désir
naturel de pourvoir à ses besoins, et le
seul secours de son intelligence s'est créé
une langue indépendante de mille autres,
qui peuvent aussi n'avoir nul rapport entre elles. Aucune tradition, aucun vestige
ne décèlent l'origine des naturels des îles
Mariannes, qui avant l'arrivée des Espagnols chez eux, croyaient être les seuls au
monde. Y a-t-il des preuves plus certaines
que les Américains soient originaires de
l'ancien continent? Chaque peuple s'est
formé un langage en rapport avec son
dégré d'intelligence, son ancienneté, ses
mœurs, ses usages, son climat. Il y eut
d'abord autant d'idiômes que de peuplades

dispersées. Ce fut le besoin de commercer, ou le désir d'augmenter les relations sociales qui donna lieu à la formation d'une mère-langue.

Le nombre, la richesse et l'harmonie des expressions dépendent du génie, de la sensibilité du peuple qui les a créées ou modifiées. Une langue est d'autant plus riche, plus spirituelle qu'elle exprime plus d'idées; elle est d'autant plus harmonieuse, plus douce, plus délicate, plus sentimentale qu'elle emploie un plus grand nombre de voyelles. Les mots qui se composent de beaucoup de consonnes sont désagréables à entendre et difficiles à prononcer. La langue grecque (le dialecte Ionien sur-tout), le latin, l'italien l'espagnol, l'idiôme languedocien sont les langages les plus harmonieux, parce qu'ils ont un plus grand nombre de voyelles : ils sont les interprètes fidèles des affections les plus sentimentales. Les peuples du nord, dont la sensibilité et l'intelligence sont en raison inverse de leur masse, n'avaient pas besoin de termes aussi harmonieux pour exprimer les langueurs de l'amour qu'ils n'éprouvent que par un effort de la nature. Aussi leurs langues sont-elles composées de mots durs et peu expressifs. Pouvait-il en être autrement ? leur génie étant en général circonscrit par un cercle étroit, leurs langages ne pouvaient en franchir les limites, car les mots sont *des* signes représentatifs des idées (1).

Si la connaissance approfondie des langues, est nécessaire à l'ami des sciences, au philanthrope qui, pour le bonheur commun, veut propager les lumières et dissiper les erreurs, il est très-avantageux, très-beau pour toute autre personne du monde d'avoir, au moins sur la langue de son pays,

---

(1) Je dis *des* signes..., parce qu'il existe, comme on sait, beaucoup d'autres moyens de représenter les idées : une situation, un geste, une attitude, un coup-d'œil, un soupir, les figures symboliques, les caractères hiéroglyphiques, mathématiques, etc., sont autant de signes représentatifs, souvent même plus énergiques que les mots.

des notions précises et étendues. Des mots harmonieux, des expressions riches et spirituelles, choisies sans affectation; des phrases coulantes, des tours ingénieux, un style soutenu, élégant, sublime, accomodé au sujet; une élocution facile et gracieuse, font le charme du langage, et captivent l'admiration des connaisseurs, qui bayent *aux corneilles* lorsqu'ils sont forcés d'entendre l'insipide et lourde conversation de ces nouvellistes, de ces verbeux narrateurs qui ont l'art de délayer la pensée la plus commune dans un fatras d'expressions triviales, de mots durs et insignifians! N'imitons pas non plus la prolixité, la stérile abondance, le ton emphatique de ces feseurs d'esprit, de calembourgs, de bouts rimés, d'épigrammes sans sel, de fades madrigaux. Tous ces diseurs et compositeurs de beaux riens, qui brillent d'un faux éclat aux dépens du clair - obscur réfléchi des sots qui les admirent, ne sont rien moins que les ennemis du goût, les amateurs du ridicule, les éteignoirs du bon sens, les bourreaux du génie.

DÉCLAMATION.

La déclamation théâtrale et l'art oratoire ne doivent pas nous occuper en particulier. Nous ne parlerons que de la déclamation naturelle, de celle qui donne de la grace et de l'énergie à l'expression des langages dans le style familier.

Pour parler agréablement et d'une manière persuasive, il faut avoir des organes bien conformés, connaître les règles de la prosodie et jouir de la faculté de bien sentir ce que l'on veut exprimer.

Les prononciations vicieuses qui dépendent d'un état de rigidité, ou d'engorgement humoral des organes de la voix et de la parole, peuvent, jusqu'à un certain point, être améliorées par des efforts réitérés et une grande habitude dans la pratique des règles. Tout le monde connaît l'histoire du fameux Démosthène, de ce foudre de l'antique éloquence; on sait qu'il reçut des

leçons d'*Andronicus*, pour la prononciation, et de *Satyrus*, pour les gestes; qu'il
mettait des cailloux dans sa bouche en dé-
clamant sur les bords de la mer, et s'effor-
çant de couvrir le bruit des flots. On sait
aussi qu'il s'enfermait dans un souterrain
pour déclamer ses harangues avant de les prononcer en public. Le célèbre Poisson, comédien français, corrigea son défaut de prononciation (il grasseyait), et devint le premier
acteur de sa nation pour avoir imité l'exemple de l'orateur Athénien. Le *Nascuntur
poetæ, fiunt oratores*, on naît poëte et l'on
devient orateur, n'est cependant pas un pro-
verbe qui soit juste. L'orateur, l'acteur doivent aussi bien que le poëte être favorisés de
la nature. Le génie leur est nécessaire, et le
principe du génie dépend d'une disposition
physique, sans laquelle ils s'efforceraient
en vain d'acquérir de la célébrité.

La bonne prononciation est l'action de
proférer de la manière la plus exacte les
sons élémentaires et les mots que forme
leur réunion; de donner à chaque terme

la force, l'énergie, la douceur, la grace, l'élégance, consacrées par le bon usage et la prosodie.

Une bonne prononciation annonce des connaissances soignées dans l'art de parler. Elle a des rapports si intimes avec le langage d'action, qu'elle en est inséparable, même dans l'expression ordinaire. Il serait néanmoins inconvenant d'observer dans le discours familier les règles de la déclamation théâtrale, qui va toujours au-delà du vrai; il y aurait de l'affectation : aulieu de plaire et d'intéresser, cette manière emphatique de s'exprimer exciterait le mépris des gens de goût. La déclamation affectée est une véritable caricature.

Pour bien parler il est cependant utile de savoir déclamer, ou au moins de connaître les principes de la déclamation; parce qu'alors en donnant au sujet, aux mots l'expression qui leur convient, on néglige les gestes et le ton que la simplicité et l'usage n'admettent pas dans le style familier. Les passions vehémentes, les fortes

impressions, les grands mouvemens de l'âme
exigent, dans leur expression, un genre de
déclamation pour les peindre plus vive-
ment. Il serait aussi mauvais de déclamer
avec chaleur des choses communes et froides, que d'exprimer froidement des affections les plus pathétiques. Le grand art de
bien parler dépend de la faculté de bien
sentir. Les gestes, l'accent, le ton doivent
constamment être déterminés par le sentiment, et se trouver en rapport naturel
avec le vrai sens du sujet.

La déclamation diffère suivant le dégré
d'intelligence des peuples, leurs mœurs et
leurs usages. Elle est toujours naturelle
lorsque celui qui déclame est bien pénétré de son sujet, de la valeur, de la force,
de la finesse, de la délicatesse convenable
à chaque période, à chaque phrase, à
chaque mot. Le langage des gestes, des attitudes, des yeux, des divers mouvemens
des autres organes de la face, et le langage
parlé se prêtent alors un mutuel secours :
leur parfaite harmonie constitue la bonne

et véritable déclamation, ou l'éloquence du corps. Un sujet mal senti, des pensées mal conçues, des mots mal interprétés produisent de pitoyables contre-sens qui rendent la déclamation fausse, choquante, insuportable. Pour bien déclamer un discours, il faudrait pour ainsi dire en être l'auteur, posséder des organes et les règles propres à bien rendre tout ce que l'on sent. Il faut, pour peindre au naturel les pensées des autres, être doué d'une grande pénétration d'esprit et s'occuper fréquemment de ce genre d'exercice. Voilà pourquoi les bons acteurs dramatiques sont si rares. Ceux qui excellaient chez les Grecs étaient honorés par des emplois civils qu'on leur donnait à titre de récompense. Et si les acteurs de Rome n'ont pas toujours joui des mêmes faveurs, c'est que la plupart étaient nés esclaves et que cette condition les avilissait, et non leur profession, qui ne pouvait qu'être louable, lorsque sur-tout elle était exercée par les *Roscius*, et les *Andronicus.* C'est un grand et beau talent d'exceller dans l'art théâtral. Les Lekain, les Talma, les Lafon, les Raucourt, les Duchesnois, sont aussi rares que les Corneille, les Racine, les Voltaire, les Sévigné, les Deshoulières. Mais, parmi les acteurs et les actrices qui font la gloire du théâtre français, que d'histrions estropient leur rôle, propagent le mauvais goût, profanent les palais de Melpomène et de Thalie ! Rien n'est naturel chez eux. Ignorant jusqu'aux principes de leur langue, ne sentant pas les passions qu'il veulent rendre, ils prononcent mal : ils sont rapides, lents, ou monotones à contre sens. Les fausses liaisons, les dissonances barbares, le mauvais ton qui les accompagne, inspirent le mépris et la satiété. Leurs mouvemens sont désordonnés et automatiques; l'expression de leur figure, leurs gestes ne sont qu'affectations, que pitoyables gesticulations qui révoltent les gens de goût et séduisent la multitude.

DANSE.

Cet exercice cadencé est aussi salutaire qu'agréable. Il fut, de tout temps et chez tous les peuples, employé pour faire naître ou peindre les sentimens, et rendre hommage aux Dieux ou aux hommes. Les Danses astronomiques des Egyptiens; chez les Grecs et les Romains, celles des *Corybantes, des Baptes, des Bacchantes,* etc., furent inventées pour encenser les Dieux, et pour développer les passions. Les Indiens vont dans leur pagode chanter et danser pour honorer leur idole enfumée. Pendant la célébration des Saturnales il était défendu à Rome de s'occuper d'autre chose que de la cuisine. De grands législateurs, des héros, des philosophes ont conseillé la danse, et ont dansé eux-mêmes. Lycurgue a institué la gymnopédie; il fit une loi pour obliger les jeunes Spartiates à danser sur le ton phrygien : Pyrrhus a laissé son nom à une danse guerrière, la Pyrrhique. Socrate, le plus sage de Grecs, dansait quelquefois;

Caton fit l'ouverture d'un bal à l'âge de soixante ans (1). Auguste honora de sa protection Pylade et Bathylle, fameux danseurs romains; Moyse et sa sœur dansèrent en réjouissance du miraculeux passage de la Mer Rouge; le Roi David, en accompagnant l'arche depuis la maison d'*Obédedom* jusqu'à *Bethléem*, se livra au même exercice, en présence du peuple Juif.

La religion conçut un si grand avantage de la danse qu'elle l'introduisit dans ses temples. Le chœur de ceux de Jérusalem et d'Alexandrie était occupé par le chant et la danse. *Les bayadères* ou danseuses de

---

(1) « Les vues courtes, je veux dire les esprits bornés et resserrés dans leur petite sphère, ne peuvent comprendre cette universalité de talens que l'on remarque quelquefois dans un même sujet : où ils voyent l'agréable, ils en excluent le solide : où ils croyent découvrir les graces du corps, l'agilité, la souplesse, la dextérité, ils ne veulent plus admettre les dons de l'âme, la profondeur, la réflexion, la sagesse : ils ôtent de l'histoire de Socrate qu'il ait dansé. »

La Bruyère, tom. 1, p. 144.

Surate, ville très-considérable de l'Inde, se réunissent les jours de grandes fêtes dans les temples pour y danser avec les *brames* (1). Les prêtres de toutes les religions anciennes furent chanteurs et danseurs par état et par devoir; et, n'en déplaise aux curés de villages, qui tonnent contre la danse, les évêques d'autrefois se glorifiaient du nom de *Præsul*, c'est-à-dire le premier des saliens, ou prêtres de Mars, qui commençaient la danse, de laquelle sont dérivées toutes les danses sacrées de Rome et d'Italie. *Brandon* rapporte que les Li-

---

(1) Les Bayadères se réunissent « en troupes dans des séminaires de volupté. Les sociétés de cette espèce les mieux composées sont consacrées aux pagodes riches et fréquentées : leur destination est de danser dans les temples aux grandes solemnités, et de servir aux plaisirs des Brames. Ces prêtres sont jaloux des danseuses, dont ils partagent le culte et les vœux avec leurs Dieux, jusqu'à ne permettre jamais, sans répugnance, qu'elles aillent amuser les Rois et les grands. » *Reynal*, tom. 2, p. 254. éd. d'Avignon.

mousins dansaient en rond dans le chœur de l'église Saint-Léonard, en chantant : *sant Marciau pergas per nous, et nous epingaren per bous* (1). Dans le Roussillon, en Espagne, en Portugal, on danse encore religieusement.

(1) « Quand les foires s'établirent, et lorsqu'à ces foires, il y eut des jeux, des danses, des amusemens, le clergé, qui sentit que ces dispositions à la joie rendraient le peuple moins religieux, proscrivit ces jeux, excommunia les histrions. Mais lorsqu'il vit que ces censures n'étaient pas assez respectées, il changea de conduite; il voulut lui-même donner des spectacles. On vit naître les comédies saintes. Les moines de Saint-Denis, qui jouèrent la mort de Sainte-Catherine, balancèrent le succès des histrions. La musique fut introduite dans les Eglises ; on y plaça même des farces. Le peuple s'amusait à la fête des fous, à celle de l'âne, à celle des innocens, qui se célébraient dans les temples autant qu'aux farces qui se jouaient dans les places publiques. Souvent même, par un simple attrait de plaisir, on quitta les danses Egyptiennes pour la procession de Saint-Jean. » *Reynal*, tom. 1er., p. 50.

10.

Les espèces de danses sont innombrables. La diversité des peuples, des temps et des mœurs est la mesure de leur variation. Il faudrait des volumes pour décrire la multiplicité des sentimens que chacune d'elles exprime. En général, celles de France sont aujourdhui moins pathétiques qu'autrefois. Les anciennes danses de caractère sont bien plus expressives et plus élégantes que l'insignifiante contredanse si répandue de nos jours. Mais pour nous dédommager de sa monotonie, l'Opéra nous donne de très-jolis ballets, composés avec beaucoup d'ensemble et d'esprit, et dont l'exécution, enchante les spectateurs. Pourquoi dans les bals ordinaires ne pas introduire l'usage de ceux que l'on pourrait y exécuter? Pourquoi adopter exclusivement une danse, et sauter sur le même ton jusqu'à satiété, plutôt que de danser tour-à-tour l'allemande, l'anglaise, la gavote, l'auvergnate même, et diverses autres danses de caractère? Les sens et les directeurs de bals y trouveraient leur profit.

Quel que soit son mode d'exécution, la danse est généralement utile. Physiquement considérée, on ne peut disconvenir que l'exercice qui en résulte ne soit des plus favorables aux fonctions animales de l'homme. La circulation, la transpiration, la digestion, la nutrition en éprouvent des bienfaits incontestables. La souplesse et l'agilité du corps, la facilité, l'aisance, la grace dans le maintien et la marche, peuvent s'acquérir par l'usage de cet exercice. La *chlorose* (pâles couleurs), la mélancolie, l'hypocondrie et divers engorgements des *viscères abdominaux*, ont quelquefois été guéris par la danse : les médecins la conseillent dans plusieurs autres cas. Son influence morale n'est pas moins salutaire. Les besoins des sens et de l'esprit sont aussi impérieux que ceux qui émanent de la conservation de notre individu. Le plaisir qui résulte de la satisfaction des premiers, fait partie de notre existence; et nous pouvons, nous devons même chercher tous les moyens honnêtes d'accroître nos jouissances, en conservant notre santé. La danse convient donc aux amateurs. Mais nous devons leur rappeler les dangers des excès et du défaut de précaution, en usant ou après avoir usé de cet amusement. Les veilles prolongées passées aux bals épuisent les forces très-promptement, altèrent les fonctions, causent la maigreur, la pâleur, et compromettent la vie. De trop fréquentes contractions en dansant, des pas difficiles ou qu'on n'exécute qu'avec un grand effort, peuvent déterminer la rupture ou le déplacement d'un organe, et produire une abondante transpiration dont la suppression subite soit à craindre. Il y a plusieurs exemples de rupture du tendon d'Achille, et de fracture de l'os du talon (*calcaneum*), arrivées par l'extention subite du pied, en dansant. Les danseurs de profession sont aussi très-sujets aux hernies, aux anévrismes, aux crachements de sang, aux fluxions de poitrine, et autres affections dépendantes des efforts qu'ils sont obligés de faire, et de la suppression de la transpiration à laquelle ils s'exposent souvent par imprudence.

Les danses qui exigent un exercice long-temps soutenu sont nuisibles à la santé. La valse surtout, la voluptueuse valse est d'une perfidie d'autant plus redoutable qu'on est séduit par le plaisir qu'elle procure. Se prendre réciproquement la main, pouvoir se la serrer, se parler tout bas; observer les doux regards de sa belle, respirer son haleine, se presser tendrement contre son sein agité, sont des délices qui font trop facilement oublier le danger du mouvement *lunaire* qu'il s'agit d'exécuter avec vîtesse pour se les procurer. Cette espèce de danse allemande exigeant un mouvement circulaire non interrompu, la respiration, la circulation, sont accélérées à outrance; l'action du cœur peut à peine suffire; les palpitations deviennent incommodes; la défaillance est imminente; et, si l'on s'obstine à vouloir continuer, les forces de cet organe s'épuisent totalement ; la syncope, des dilatations du cœur ou des gros vaisseaux, la mort, peuvent être le triste résultat de cet imprudent exercice, qui a déjà fait plusieurs victimes. La mère d'un de mes camarades d'étude de Clermont-Ferrand, est morte subitement à l'issue d'une valse.

Pour que la danse soit salutaire, pour qu'on puisse en tirer tout l'agrément possible, il faut en user modérément, la varier, et exclure celles qui sont trop fatigantes.

La danse fait partie de l'embellissement du corps ; néanmoins les avantages qu'en retire l'art de plaire, sans être douteux, ne sont pas toujours sûrs : les convenances doivent être rigoureusement observées. Chaque espèce de danse demande un danseur qui réunisse les qualités nécessaires pour exécuter avec aisanse les pas et les gestes que prescrivent la musique et le sens. Une danse guerrière, vive, gaie, ou lascive, serait fort mal exécutée par un *barbon;* et pourtant que de ci-devant jeunes hommes, et d'anciennes *jeunes fringantes* veulent étaler, dans un bal, des prétentions aussi vaines que ridicules. Un corps chancelant, des membres mal assurés, ne sont guère propres qu'à l'exécution de quelques vieux menuets, où les révérences font la partie principale. Les personnes que dépare quelque difformité, celles d'une physionomie désagréable, d'une constitution lourde, d'une taille gigantesque, quoique jeunes, ne sauraient figurer agréablement dans les salons des *Vestris*. Les graces n'accompagnent pas toujours la beauté: il ne suffit pas d'être belle et jolie pour plaire en dansant :

« Sur la Beauté vous l'emportez encore,
Divines Sœurs, ô Graces que j'adore!
La Beauté frappe, et vous attendrissez ;
On l'aime un jour, jamais vous ne lassez. »

(Bernard, *l'Art d'aimer*, ch. 2.)

Ce n'est pas tant l'art de faire des pas qui charme, que cette agréable souplesse, ces délicieuses attitudes, ces inflexions sen-

10..

suelles, cette grace divine dont s'énorgueil-
lissait la voluptueuse *Thymèle*, lorsqu'en
la voyant exécuter ses danses lascives,
l'empereur Domitien en était épris, et les
dames romaines criaient et se pâmaient de
plaisir (1).

« Fous ténébreux et vains, qui, n'aimant que vous-mêmes,
Des revers de vos nuits composez vos systèmes ;
Catons prématurés, qui, froids calculateurs,
Cherchez des vérités dans l'âge des erreurs ;
Vous qui dans vos boudoirs, sur l'ouate ou la soie
Savourez les langueurs où votre âme se noie,
Et changez chaque jour, pour seuls amusemens,
De chiens, de perroquets, de magots et d'amans ;
Compilateurs pesans ; toi cruel moraliste,
Qui croit consoler l'homme en le rendant plus triste ;
Peuple immense de sots, de mollesse hébété ;
Poëtes sans esprit, et Catins sans beauté ;
Honoraires bouffons ; toi frélon inutile,
Qui dévore le miel que l'abeille distille ;
Vous tous, qui, variant vos lugubres travers,
Dansez.... »

(Dorat, la danse, *Poëme de la Déclamation*, p. 173.)

Dansez... mais gardez-vous d'aller pren-

---

(1) Vid. *Martial*, l. 1, epigr. 5 ; *Juvenal*, sat. 1,
v. 36 ; *Sueton*, Domit. c. 15.

prendre cet utile exercice dans ces lieux impurs de débauche ; au milieu de ces réunions d'effrénés, présidées par l'impudique *Cotyto*, où les postures déhontées, les licences indécentes, sont le résultat de la plus dégoutante corruption morale.

La musique vocale, et la danse sont les moyens dont se servent les femmes pour nous peindre les passions et les sentimens qu'elles ne sauraient, qu'elles n'oseraient exprimer par le langage ordinaire. Qui mieux qu'elles connaît l'art de rendre ces commotions subites, ces transports délicieux, ces langueurs extatiques, cette volupté où se noie le plaisir ! Qui mieux qu'elles peut exceller dans l'expression du langage muet des sens ! La délicate structure de leurs organes, leur vive sensibilité, leur assurent le plus heureux succès, et leur décernent la palme. Leur aptitude à dessiner le paysage et les fleurs, égale quelquefois celle de nos grands maîtres dans cet art imitatif... Quelles flatteuses espérances, ô femmes !

*

doivent vous faire concevoir ces précieuses dispositions! Quel empire elles exercent
sur les sens! Il me semble voir l'ingénieuse
Iris tenir gracieusement son crayon, dessiner la rose du matin, dont le suave parfum et l'éclat des couleurs fixent le papillon
léger pour l'enivrer de plaisir! Quels sons
magiques viennent frapper mon oreille?
J'entends la voix mélodieuse de la sensible
Hortense! Eléonore s'accompagne de sa
harpe; la folâtre élève de *Terpsichore* marque la mesure des sons par ces mouvemens
cadencés : les agréables inflexions de son
beau corps, le moëlleux de ses bras arrondis, ce sein palpitant, ces pas de Zéphyre,
ces pirouettes dont l'œil peut à peine saisir la vîtesse, expriment tour-à-tour les
divers sentimens qui les animent. Quel accord! Quelle harmonie! Le chant, les attitudes, les regards, les gestes agissent de
concert et portent l'ivresse en mes sens!
Comment ne pas être subjugué par tant de
charmes? Misanthropes, déridez votre front;
conquérans sanguinaires, quittez les dra-

peaux de Mars; vieillards, réchauffez vos
esprits; Vénus vous le conseille, les trois
Graces vous l'ordonnent... Telle est, Sexe
charmant, l'heureuse influence qu'ont sur
nous les arts d'agrément professés par vous;
leur premier effet est de nous séduire; et, si
vous possédez les précieuses qualités morales sans lesquelles vos admirables talens ne
produiraient que des impressions éphémè-
res, notre cœur est à vous, votre triomphe est sûr et durable. Mais prenez y
bien garde! L'abus inspire le dégout; les
sensations sont d'autant moins vives qu'elles sont plus souvent répétées : la satiété
renverse les autels du Plaisir. Que ces délicieux exercices n'occupent donc que vos
momens de loisir : que la musique, le dessin,
a danse, ne soient pour vous que des
objets de récréations en dédommagement
des devoirs que vous impose votre condition. Et surtout, n'allez pas négliger les
soins du ménage et compromettre votre
repos, en vous livrant à de futiles lectures
et composant quelques vains écrits. A

moins de posséder l'érudition d'une madame Dacier, ou le génie d'une baronne de Staël, le nom de femme savante est plus ridicule qu'honorable. L'adulation peut en exalter l'espèce de célébrité, mais la vapeur enivrante de son encens empoisonné disparaît comme une ombre dès qu'on fait briller le flambeau d'une saine critique, dont l'aréopage, froidement impartial, juge les auteurs sans égards pour leur sexe.... Préférez d'ailleurs la réputation de tendre épouse, de bonne mère, à celle d'écrivain : la gloire exclut souvent le bonheur. Que devoir, santé, plaisir, soient votre devise. Le dieu d'Epidaure vous la prescrit : la vertu, l'honneur, vos plus chers intérêts vous ordonnent de l'adopter.

TABLE ANALYTIQUE.

— Réflexions sur les mœurs et les coutumes des anciens. Temps de Lycurgue et de l'ancienne Rome. Résultats d'une vie sobre et active. Maladies qui dépendent du déréglement, du luxe, de l'oisiveté. Siècle d'Auguste et d'Antoine. Corruption de Rome et des pays conquis. Le luxe contribue à la décadence des Romains. — Simplicité des cosmétiques des anciens, causes de l'emploi des cosmétiques. Fausses idées de la beauté. Définition de la véritable beauté et de la beauté de convention. Différence de cette dernière suivant les goûts et les caprices des peuples et des individus. Empire de la beauté. Inutilité des objets de luxe que l'on emploie pour augmenter son prestige. Les choses de pur agrément ne doivent cependant pas être proscrites.

Couleur de la peau. Elle varie suivant les climats et la manière de vivre. Causes physique de cette différence de couleur. Influence solaire. Influence des professions et des tempéraments. Les Albinos et les peuplades qui leur ressemblent par la blancheur de leur peau, ne sont tels que par un état maladif. Affections morales et alimens qui influent sur la couleur de la peau. — Sa conformation extérieure. Causes des rides : les cosmétiques, l'excès des jouissances, les violentes passions. — Parties constituantes de l'organe cutanné. — Sa sensibilité : plus grande chez l'homme de couleur que chez le blanc, le citadin que le paysan, la femme que l'homme, l'enfant que le vieillard. Influence des applications extérieures et du contact de certains corps. Maladies et accidens qui peuvent en résulter. — Du tact et du toucher. — De la transpiration : importance de cette fonction ; causes qui peuvent la troubler; maladies qui sont le résultat de son dérangement; moyens de la favoriser. Matière huileuse exhalée de la surface du corps ; son utilité; danger de son séjour et de sa supression.—Absorption. Mécanisme de cette fonction. — Nécessité de connaître les fonctions et les propriétés de la peau, pour bien concevoir la manière d'agir des substances dont on peut faire usage pour l'embellir.

Causes générales de son altération. Emploi et danger des oxides métalliques, des baumes, des liqueurs spiritueuses et aromatiques. Eau de Cologne. Laits virginaux. Bains mucilagineux. Bains de lait : leurs inconvéniens. — Nécessité de reconnaître la cause d'altération de la peau pour la combattre avec succès. Cosmétiques dont l'usage est salutaire ou peut être permis. — Exemples sur les règles à observer pour procurer au teint tout l'embellissement dont il est susceptible. — Moyens de prévenir et de faire disparaître le hâle. — Taches de femmes enceintes : danger de les répercuter. Moyens simples qu'on peut leur opposer. — Boutons qui paraissent au visage et qu'on appelle *saphirs*. Ils dépendent presque toujours d'une cause interne ; la combattre pour les détruire et prévenir leur retour. — Verrues. Choix des substances qui servent à les détruire. — Marques de petite vérole : moyen de les empêcher autant que possible. — La vaccine considérée comme un important préservatif en faveur de la beauté. Note sur cette découverte attribuée jusqu'à présent au Docteur Jenner qui n'en est que le premier propagateur. Rabaud - Pommier est l'auteur de la découverte.

la peau toute la blancheur dont elle est susceptible.
L'abus des bains est nuisible. Température du bain
accommodée à la constitution des personnes et aux
climats qu'elles habitent. Inconvénient de prendre
le bain trop chaud, trop froid ou trop souvent.—Bains
Romains ; leur influence sur les mœurs et la santé.—
Bains Français; vices de leur construction — Bains
de substances animales. — Bains de lait; suites de
leur usage. — Nécessité de consulter un médecin
sur l'emploi du bain.

Importance des frictions. — Propriétés des onctions. Dames Romaines : esclaves dont elles se servaient pour s'oindre la surface du corps.—*Tatouage*
des Cafres et des Hottentots. — Les onctions seraient
nuisibles dans nos climats.

Goût de différens peuples pour cette disposition
du corps. Moyens qu'ils employaient pour se la procurer. Remarque de Bernardin de S.-Pierre sur la
sympathie qui existe entre les individus d'une constitution opposée. Personnes que leur tempérament
dispose à acquérir un excès d'embonpoint. Moyens
de le prévenir ; danger de ceux que l'on emploie
pour le dissiper. — Développement excessif de la
gorge. Ses inconvénients. Il est dangereux d'y re-
médier. — Accroissement de *l'abdomen* après l'accouchement. Application du bandage compressif. Igno-

odorantes ; leur nature ; résultats de leur usage. Sauvage, Tissot, Ingen-houz, M. Desvaux, rapportent divers accidens causés par les odeurs.

COSMÉTIQUES POUR LA BOUCHE. *P.* 121—127.

Lèvres. Compositions et manière d'agir des pommades pour les lèvres. Causes de la flétrissure de ces dernières : moyens de la prévenir et de conserver leur fraîcheur.

Dents. Les opiats et les poudres dentifrices qui contiennent des oxides détruisent l'émail des dents, causent leur carie et leur chute. Emploi des acides pour enlever le tartre des dents. — Le limage les expose à la carie. — Transplantation : elle n'est pas toujours sans danger. Exemple qu'en cite M. le Professeur Richerand.

Haleine. Masticatoires employés contre la fétidité de l'haleine. Leur manière d'agir. Ils peuvent déterminer la carie, la chute des dents, des angines, etc. Comment il faut combattre la mauvaise haleine. Pastilles de charbon, de magnésie.

PARAGRAPHE SANS TITRE. *Pag.* 127—129.

Danger des remèdes dont se servent quelques femmes pour rétablir ce qu'elles ont perdu. Du vinaigre de Vénus, du baume de la Mecque, de *l'aqua virginitatis.* Ce que prescrit le livre d'Abdeker. Moyens préservatifs.

VÊTEMENS. . . . . *Pag.* 129—137.

Causes de la variété des costumes. Causes physiques qui en déterminent la forme et la nature. Cos-

tumes Français. Ses défauts, en général et en particulier. — Des bandeaux, des colliers, des corps de
baleine. Effets funestes de ces derniers. Ceinture de
Vénus : elle fait perdre le ressort des seins en les
maintenant trop relevés.—Chaussures trop étroites:
leurs inconvéniens. — Empire de la mode. Lois de
Lycurgue relatives aux vêtemens des femmes enceintes.-Aigrettes, diadèmes, colliers, ceintures,
agraffes, bracelets, bagues etc. passage de J.-J.
Rousseau sur la parure.

GÉNÉRALITÉS SUR L'ÉDUCATION
. . . . *Pag.* 137—148.

Son but. Les principes de la bonne éducation
émanent des lois naturelles. Ceux de la mauvaise
sont arbitraires. Influence de ces deux espèces d'é-
ducation. Auteurs qui ont écrit sur ce sujet. Conditions nécessaires pour établir un bon système d'éducation. — Réflexions sur l'essence des passions de
l'homme.

ÉDUCATION PHYSIQUE RELATIVE
A LA BEAUTÉ. . . . . *Pag.* 148—149.

Définition. Elle est différente de l'orthopédie. Ce
qui la constitue.

AGE DE PUBERTÉ. . . . . *Pag.* 149—156.

Changemens qui s'opèrent à cette époque de la
vie. Précautions à prendre pour ne pas accélérer ou
troubler la marche de la nature. Dangers d'une nu-
bilité précoce. Temps ordinaire de la puberté. Varie

L'homme n'a pas de caractère plus distinctif que l'action de marcher dans une position verticale. Majesté de cette marche. Crainte et soumission qu'elle inspire aux animaux. Erreur de Rousseau qui pensait que l'homme doit naturellement marcher comme les quadrupèdes. — Marches vicieuses. Leurs causes. Ce qu'il faut observer pour bien marcher. Une marche agréable sert l'art de plaire. Les diverses manières de marcher annoncent la situation morale. Marches particulières à la fierté, à l'orgueil, au pédantisme, à la noblesse, à la majesté, etc.

. Les attitudes sont déterminées par la disposition physique et morale de l'homme, et les circonstances dans lesquelles il se trouve. Critiques des attitudes vicieuses et ridicules. Attitude du politique et de ses auditeurs. Attitudes du jeune présomptueux, de la femme savante, du courtisan, du poète, du docteur, du philosophe de *société*, et du magistrat de *salon*, d'un Tartufe, du gastronome, de l'ivrogne, des petits maîtres, des élégantes. Maintien le plus convenable dans tous les cas. Contrainte des jeunes demoiselles.

. Ce que c'est qu'un geste. Le langage parlé décrit la pensée, celui d'action confirme la description, lui donne de l'énergie, de la finesse de la grace,

I I

ence a donné lieu. —L'impression que cause la musique est différente suivant la sensibilité des auditeurs. Effets que produit cette impression. Cures qu'elle opère. Influence de la musique sur les mœurs. Sentiment de Platon à cet égard. Les airs révolutionnaires ont eu plus d'influence que les écrits et les orateurs. —Anecdote rapportée par Grétry. Quatrain en l'honneur de ce fameux musicien.

La parole est le complément de la voix. Importance des langues parlées ou écrites. Leur utilité mise en doute par quelques philosophes. —Origine et progrès des langues. Vains efforts pour découvrir leur antiquité et le pays exclusif qui leur a donné naissance. Il y eut d'abord autant d'idiômes que de peuplades dispersées. — Formation d'une mère-langue. Ce qui constitue la richesse et l'harmonie des langues. Leurs qualités dépendent du climat et du génie des peuples. —Avantage de bien connaître la langue du pays qu'on habite et de la parler purement. Des verbeux ou diseurs de riens.

Ce qu'il faut pour parler et persuader agréablement. Prononciations vicieuses. De celles qui peuvent être corrigées. Exemples de Démosthène, et de Poisson, comédien Français. —Règles sur la prononciation. — La déclamation théâtrale ne doit pas être imitée dans le discours familier. Nécessité de connaître les principes de la déclamation pour bien parler en public. La déclamation naturelle est diffé-

rente suivant le dégré d'intelligence des peuples.
Pour bien déclamer il faut bien sentir.—Règles sur
la déclamation. Connaissances et esprit qu'il faut
avoir pour exceller dans cet art. Rareté des bons
acteurs : honneurs qu'ils reçurent des Grecs et des
Romains. — Des acteurs français. Des histrions.

Tous les peuples ont connu la danse : elle fut in-
ventée pour honorer les Dieux et les hommes, et
pour exciter les passions. De grands législateurs,
des héros, des philosophes ont conseillé la danse et
ont dansé eux-mêmes. Avantages que les religions
en ont retirés. — Causes de la diversité des danses.
Expressions des anciennes et des modernes. Danses
de caractère, contre-danses, ballets.—Utilité de la
danse. Sa manière d'agir sur les fonctions animales
et sur le moral. Elle guérit plusieurs maladies. —
Les excès de la danse sont dangereux. Maladies qu'ils
peuvent causer. Maladies auxquelles sont sujets les
danseurs de profession. Danses qui doivent être
proscrites. Dangers auxquels expose la valse.—Préceptes pour profiter des avantages que peut offrir
la danse. — Vers tirés du poëme de Dorat sur la
déclamation.

Avantages que retirent les femmes de la musique
vocale, de la danse, et en général des arts d'agrément. Influence de ces derniers sur les sens et le
développement des passions. Triomphe de la femme
aimable et vertueuse.

FIN.

ERRATA.

Page 61, lig. 6, de fluide; *lisez :* du fluide.

90, lig. 18 et 19, l'on conseille aussi des alimens;
lisez : l'on conseille aussi l'usage des alimens.

101, lig. 5, les infusions; *lisez :* des infusions.

id. lig. 6, amendes ; *lisez :* amandes.

122, lig. 21, jolie; *lisez :* joli.

167, lig. 15, inspirations; *lisez :* expirations.

226, lig. 8, revers ; *lisez :* rêves.

www.ingramcontent.com/pod-product-compliance
Lightning Source LLC
Chambersburg PA
CBHW070508030726
47503CB00004B/1207